Manuel Vázquez Montalbán

Zur Wahrheit durch Mord

Drei Carvalho-Stories

Deutsch von Bernhard Straub
und Brigitte Heinrichs

rororo

Rowohlt

rororo thriller
Herausgegeben von Bernd Jost

Federico III de Castilla y Léon und
La guerra civil no ha terminado wurden
von Bernhard Straub aus dem Spanischen übersetzt,
Aquel 23 de febrero von Brigitte Heinrichs

Deutsche Erstausgabe
Veröffentlicht im Rowohlt Taschenbuch Verlag GmbH,
Reinbek bei Hamburg, September 1989
Die Originalausgabe erschien in der Primera edición en Serie
Carvalho 1987 unter dem Titel «Historias de política ficción»
bei Editorial Planeta, Barcelona
Redaktion Peter M. Hetzel
Umschlaggestaltung Peter Wippermann / Nina Rothfos

Satz Bembo (Linotron 202)
Gesamtherstellung Clausen & Bosse, Leck
Printed in Germany
780-ISBN 3 499 42930 6

Inhalt

Vorwort
Historias de política ficción
7

Federico III. von Kastilien und León
Federico III de Castilla y León
9

Der Bürgerkrieg ist noch nicht vorbei
La guerra civil no ha terminado
59

Die Vergangenheit kennt keine Gnade
Aquel 23 de febrero
103

Vorwort

Die Gestalt Carvalho entstand im Rahmen eines Romans, den man als ‹politische Fiktion› katalogisieren könnte, vorausgesetzt, es gäbe diese Ware im Katalog der Literatur. Mein erzählerisches Werk, von dem der Carvalho-Zyklus nur einen Ausschnitt darstellt, beginnt mit ‹politischer Fiktion› in *Erinnerungen an Dardé*, und politische Situationen werden in *Happy End, Fragen des Marxismus, Mord im Zentralkomitee* und sogar in *Der Pianist* verarbeitet. Die Politik ist ein Teil meines eigenen Lebens und des Lebens generell, meiner eigenen Erinnerung und der Geschichte, und meine Romanchroniken tendieren dazu, sie als festen Bestandteil der Literatur anzuerkennen.

In den vorliegenden drei Geschichten, die zur ‹politischen Fiktion› gehören, spannt sich der thematische Bogen vom aktuellen und bedrückenden Thema «Putsch *à la española*» bis hin zu politischen Memoiren, die ein Drama auslösen wie eine Bombe mit Zeitzünder, stets bedrohlich für Menschen, die in gemeinsamen Erinnerungen füreinander verantwortlich sind.

In *Federico III. von Kastilien und León* bietet ein versuchter Königsmord den Anlaß, vom vorläufig im Untergrund agierenden, nostalgischen Rechtsradikalismus in Spanien zu erzählen, im Gegensatz zu dem pathetischen Utopismus Federicos III., des armen alten Mannes mit seinen aussichtslosen Ansprüchen auf die Krone.

In *Der Bürgerkrieg ist noch nicht vorbei* geht es um eine vor über vierzig Jahren angekündigte Abrechnung, angekündigt aus Stolz und Leidenschaft, die die Teilnehmer des Bürgerkriegs im Kampf um das individuelle und kollektive Schicksal in die Waagschale warfen.

In *Die Vergangenheit kennt keine Gnade* aktiviert ein zeitgenössischer Zünder die alten Ängste des zivilen vor dem militärischen Spanien und verschafft Carvalho einen Fall voller aufgestauter, emotionaler Bosheit, einen Racheakt schändlicher, erbarmungsloser Henker, die ehemals selbst wehrlose Opfer der geschichtlichen Umstände gewesen waren. Ich mache kein Hehl aus meiner in *Der Pianist* so offen geäußerten Überzeugung, daß die Jahrgänge, die den spanischen Bürgerkrieg miterlebt haben, heute eine polysemische Gestalt besitzen, für die es in diesem Zeitalter der Überlebenden ohne Hoffnung kein Äquivalent geben kann.

Mein Freund Doménech Font bemerkte bei gegebenem Anlaß, diese drei Geschichten seien wohl dem euphemistisch so genannten «Seniorenalter» gewidmet. Alte Menschen sind zum Tode Verurteilte, die nicht mehr darauf warten, daß der Gouverneur anruft und ihre Strafe in ‹lebenslänglich› umwandelt. Ihre Wut und ihre Ehrlichkeit sind für mich intellektuelle Werte ersten Ranges.

M. Vázquez Montalbán

Federico III. von Kastilien und León

Bei Carvalho bestimmt der Gaumen die Erinnerung, genau wie bei manchen Frauen das Geschlecht die Kehle beherrscht. Aus diesem Grund mißtraute er jahrelang den Ratschlägen der Nouvelle Cuisine, vor allem derjenigen Fraktion, die sich vorgenommen hat, marinierte Echse mit Kaviar oder Maccaroni mit dem Hirn eines australischen Primaten zu Nahrungsmitteln zu erklären. «Dieser Weg führt direkt zum Kannibalismus oder zur Bestialität der Ernährung aus der Kloake, wie in Paris während der Belagerung der Kommune. Alle Tiere aus dem Zoo wurden vertilgt und nicht einmal eine Ratte übriggelassen, um der Nachwelt alles zu berichten.» Solche Thesen gab der Steuerberater Fuster bei nächtlichen Gelagen von sich. Noch mehr der Tradition verhaftet als Carvalho, schwankte sein Gaumen zwischen der heimatlichen Küche von Villores (genau auf der Grenze zwischen Aragón und Castellón) und gastronomischen Exkursionen nach Südfrankreich mit einer sozialistischen Rathausangestellten aus Barcelona und ihrem Gatten, einem promovierten Fachmann für Politisches Recht. Zwar waren sie Sozialisten und übten sehr unterschiedliche Berufe aus, aber gutes Essen schätzten sie sehr wohl, und Fuster war verblüfft über den gesegneten Appetit der Angestellten. Nach diesen Exkursionen lud er Carvalho regelmäßig zu sich ein, um zu berichten.

«Also, ich verstehe überhaupt nicht, wo sie das alles hinsteckt, was du da erzählst!»

«Diese Sozialisten verstehen es fabelhaft, manchmal mehr zu sein, als sie scheinen, aber meistens scheinen sie mehr, als sie sind.»

Von einem dieser französischen Ausflüge kehrte Fuster als begeisterter Anhänger der Nouvelle Cuisine zurück und beschwor Carvalho, die Restaurants in Barcelona zu erkunden, die sich den Experimenten des Gaumens verschrieben hatten. Carvalho machte sich ans Werk und benutzte Charo als Versuchskaninchen, als eine Art zuverlässiges Meerschweinchen, das ihm Freuden und Leiden seines Gaumens während der Experimente eher durch Schreie als durch lange Erklärungen kundtun würde.

Heute ist der vierte Versuchsabend, aber Charo läßt auf sich warten.

Carvalho überläßt seinen Körper dem Stuhl und beobachtet die Fauna, die das Restaurant bevölkert. Gutbetuchte Paare aus besseren Kreisen. Junge Leute, die sozusagen im Zeitalter der Pergola und des Tennis aufgewachsen sind. Zufällig hört er ein Gespräch mit.

«Und das sage ich dir, politisch geht das nicht so weiter!» sagt ein junger Löwe des Kapitalismus mit einem Stück Hähnchen am Gabelzinken, von dem die Soße tropft. Er gestikuliert mit dem aufgespießten Hähnchen und sagt zu seinen beifällig nickenden Tischgenossen: «Unter dieser Situation leidet der Arbeitslose genauso wie der Unternehmer, und keiner ist bereit, auch nur eine müde Peseta zu investieren. Du etwa?»

«Was? Ich?»

Dem Gefragten bleibt das Essen beinahe im Halse stecken.

«Ich auch nicht! Es muß etwas geschehen.»

Carvalho nimmt einen Schluck trockenen Martini aus seinem Glas und schaut zur Tür, wo Charo gerade auftaucht, diskret gekleidet, aber mit einem Collier über dem solariengebräunten Ausschnitt, das ihr eine festliche Note verleiht, und dem dazu passenden Armband. Einige Köpfe drehen sich, als sie vorbeigeht.

«Komme ich zu spät? Was gaffen die so? Bin ich etwa tätowiert im Gesicht?»

«Du strahlst im Glanz des souveränen Volkes, und zudem könnte der eine oder andere ein Kunde von dir sein.»

Charo läßt sie mit einem Blick Revue passieren, während sie sich setzt, und schüttelt den Kopf.

«Kein einziger. Bei der momentanen Krise bin ich sowieso bald arbeitslos. Dabei heißt es immer, das sei der krisensicherste Beruf! Ach, Pepe! Ich finde es ganz bezaubernd, daß du mich in ein Lokal wie dieses hier ausführst. Ißt man hier gut? Ist das wieder eins mit Nouvelle Cuisine?»

«Ich weiß nicht. Ich bin zum erstenmal hier. Ja, ja, es ist praktisch das, was man ‹Neue Küche› nennt, und ich will das Ausgefallenste und Teuerste bestellen, wie ein richtiger Banause.»

«Ich auch!»

Charo ist entzückt und trinkt schnell Carvalhos Glas leer, als der *maître* mit den Speisekarten naht.

«Nein danke.» Carvalho lehnt ab. «Wir möchten das Seltenste und Teuerste!»

Mit einem gewissen Unwillen hebt der *maître* die Brauen. «Etwas Seltenes haben wir nicht. Es kommt auf die Erziehung des Gaumens an.»

«Jetzt werden Sie mir gleich erklären, man müsse es verstehen, ein abstraktes Bild zu betrachten, die neue Musik zu hören, und man müsse einen gebildeten Gaumen haben, um die ‹Neue Küche› richtig zu goutieren.»

«Sie sagen es.»

«Stellen Sie sich doch einmal vor, die Dame hier und ich, wir seien ahnungslos, und Sie wollten uns in Erstaunen versetzen.»

Der *maître* schaut in die Ecke des Lokals, wo sich ohne Zweifel der Chef des Hauses befindet, und ein gutaussehender älterer Herr kommt lächelnd an ihren Tisch.

«Haben Sie ein Problem?»

«Die Herrschaften wünschen das Seltenste und Teuerste.»

«Dann bringen Sie es Ihnen, Miguel! Sie werden zufrieden sein!»

Carvalho erwidert das Lächeln des Hausherrn und blickt überrascht dem *maître* nach, der in die Küche flieht. Charo verbeißt sich das Lachen, greift über den Tisch und nimmt Carvalhos Hand. Jetzt erscheint der *sommelier*, nach allen Regeln der Kunst eingekleidet, und überreicht ihnen die Weinkarte.

«Fragen Sie beim *maître* nach, was wir essen werden, und wählen Sie einen passenden Wein für uns aus!»

«Wissen Sie denn nicht, was Sie essen werden?»

«Wir haben vollstes Vertrauen zu dem *maître.*»

Der *sommelier* eilt von dannen, und Charo fragt: «Wer ist das?»

«Der *sommelier*. Er ist für den Wein zuständig.»

«Aha. Gibt es auch einen Extrakellner für den Nachtisch?»

«Jawohl.»

«Also, du spinnst echt! Dabei ist das Essen in der *Casa Leopoldo* so gut, und Germán bedient so nett!»

«Ein Abenteuer ist eben ein Abenteuer.»

Neben ihm räuspert sich der *maître.*

«Ich habe mir erlaubt, Ihnen als Vorspeise gratinierte Schnecken in Pfefferminzbéchamel mit Granatapfel zu bestellen, und als Hauptgang Schulter vom Ziegenlamm in *orujo* mit Kräutern.»

«Stammt der *orujo* aus Galizien oder aus dem Bierzo?»

«Da es sich um einen *orujo* mit Kräutern handelt, noch dazu um einen lieblichen, hielten wir es für angemessener, den galizischen zu verwenden. Zufrieden, die Herrschaften?»

«Ein ausgezeichnetes Menü!»

Charo krümmt sich die ganze Zeit vor kaum verhaltenem Lachen und sagt, nachdem der *maître* gegangen ist: «Der könnte uns genausogut eine Suppe aus Kanariengras mit Kaviar und ein halbes Dutzend Sardinen auf Lockenwicklern bringen.»

«Das muß ich eines Tages probieren!»

Am Eingang entsteht leichte Unruhe. Ein alter Mann mit Umhang, Dreispitz und altmodischen Beinkleidern rangelt mit dem *maître*, und es gelingt ihm, sich Zutritt zu verschaffen. Majestätisch schreitet er in die Mitte des Lokals.

«Erhebt euch vor Federico III. von Kastilien und León, dem zukünftigen König aller Spanier!» ruft der Alte zur allgemeinen Verblüffung aus. Die Kellner umringen ihn und stoßen ihn zurück, ohne daß er eine gewalttätige Geste gemacht hätte.

«Hände weg von einem König! Ihr wißt nicht, wen ihr vor euch habt! Schurken, Plebejer! Ich bin Federico III. von Kastilien und León.»

«Ja, ja, mein Herr, das können Sie mir auch vor der Tür erzählen», sagt der *maître* ein ums andere Mal und folgt dem Komitee der Saalordner.

«Ich bin das Opfer einer Verschwörung von Marxisten und Freimaurern! Ich werde euch alle in die Verbannung schicken! Wenn ich auf dem Thron sitze, lasse ich euch mit rotglühenden Eisen brandmarken! Elende!»

Die Stimmen verstummen mit dem Verschwinden des Alten; der *maître* geht lächelnd von Tisch zu Tisch, gibt Erklärungen und räuspert sich, als er an Carvalhos Tisch steht, nicht wissend, was er diesen merkwürdigen Gästen sagen soll.

Carvalho fragt ihn unschuldig: «Ist er ein Angestellter des Hauses? Der Auftritt war toll, mein Kompliment!»

«Unser Haus hat es nicht nötig, den Gästen solche unangenehmen Szenen zu bieten.»

Der *maître* geht, und Charo probiert die Vorspeise, kostet argwöhnisch und verzieht dann beifällig das Gesicht.

«Also, man kann es tatsächlich essen.»

Carvalho studiert irgendwelche Papiere auf seinem Schreibtisch, die er noch nicht kennt, und schaut auf, als Fingerknöchel an das gravierte Glas seiner Bürotür klopfen.

«Herein!»

Bromuro öffnet die Tür, in der einen Hand seinen Schuhputzkasten, die Baskenmütze in der andern. Sein von Mitessern und Runzeln übersätes Gesicht wirkt zerknirscht, und kaum eingetreten, beginnt er sich zu entschuldigen.

«Verzeih, Pepe, aber ich war so in Hektik und ...»

«Du bist mir immer willkommen, Bromuro.»

«Es ist so, ein Freund von mir steckt in der Klemme, und wer könnte besser als du ...»

«Komm endlich rein und setz dich! Biscuter!»

Biscuter kommt aus der Tür, die in den kleinen Flur zwischen Kochecke, Toilette und dem kleinen Kabuff führt, wo Carvalhos Assistent auf einem Feldbett schläft. Er trocknet sich an einem Geschirrtuch die Hände ab, um dann eine davon Bromuro zu reichen, der sie ernst und kräftig drückt.

«Caramba, wie der Kerl einem die Hand drückt! Könnte glatt ein Legionär sein! Das habe ich gerne.»

Biscuter hebt die Hand zu einem komischen militärischen Gruß. «Was hat dich hierher verschlagen, Bromuro? Bist du endlich dahintergekommen, wer immer das Bromid in unser Trinkwasser schüttet?»

«Bei dem ekelhaften Geschmack ist das mit dem Bromid noch das wenigste. Ich glaube, die lassen uns das Abwasser aus dem Atomkraftwerk von Asco saufen!»

«Das heißt Ascó.»

«Egal, ob Asco oder Ascó! Aber darum geht es nicht, Pepe, sondern, schau mal, ich habe einen guten Freund, einen Caballero alter Schule, zwar ein bißchen verrückt, das schon, aber wer ein Caballero sein will, muß ein bißchen spinnen, stimmt's oder hab ich recht? Also dieser Caballero bildet sich ein, er sei nichts weniger als der König von Kastilien und León!»

«Ich kenne ihn.»

«Was, du? Woher?»

«Neulich trat er in einem Restaurant auf, wo ich gerade beim Essen war.»

«Und dann gab es Ärger! Wie immer. Ich kenne ihn doch. Ein armer Hund. Weißt du, er ist total arm. Und in letzter Zeit sind komische Dinge passiert. Ich hab es selbst gesehen. Ich war gerade dabei, dem Hurensohn vom Kiosk die Schuhe zu putzen, dem ekelhaften Einarmigen da, der dir den Stiefel draufknallt wie auf dem Kasernenhof: Saubermachen! Einen richtigen Caballero erkennt man daran, wie er seinen Stiefel oder Schuh auf den Kasten stellt. Ich bin also dabei, dem Widerling die Schuhe zu putzen, da sehe ich meinen Freund, Don Federico – Federico III. nennt er sich selbst –, und er will über die Straße gehen, dort beim Pitarra-Denkmal, und in dem Moment kommt ein Riesenschlitten auf ihn zu. Zum Glück hat er meinen Schrei gehört, sonst wäre er plattgefahren worden. Meinst du, das Auto hätte angehalten? Denkste! Vollgas und die Ramblas hoch. Ein andermal lauern sie ihm an einer Ecke auf und schlagen ihn zusammen, ausgerechnet ihn – reden kann er ja wie ein Buch, aber seine Kraft reicht nicht mal für eine Ohrfeige. Wieder ein andermal fuchteln ihm zwei Typen mit einem Revolver unter der Nase herum, und der Arme ist ganz aus dem Häuschen. Dort unten, an der Ecke, wo früher das *Cádiz* war. Außerdem bekommt er Briefe mit Morddrohungen. Ich sagte ihm, er sollte zu dir gehen, obwohl er keinen Groschen hat, aber ich sagte ihm trotzdem, Don Federico, machen Sie sich keine Sorgen, mein Freund hilft auch ab und zu mal umsonst. Aber er ist doch ein König, er kann doch keinen um einen Gefallen bitten! Kurz und gut, Pepe, bald passiert ihm was, vielleicht ist es auch schon zu spät.»

«Wieso zu spät?»

«Weil ich ihn schon seit zwei Tagen nicht mehr gesehen habe; dabei kommt er immer in meine Stammkneipe, der Wirt hat Mitleid mit ihm und gibt ihm bei *tapas* immer die doppelte Portion, dann ist er mit zwei *tapas* satt. Er hat ihm versprochen, daß er königlicher Hoflieferant wird, sobald er König ist.»

«Und was wirst du?»

«Oberbefehlshaber der Streitkräfte.»

Biscuter lacht schrill, und sein Lachen behagt Bromuro gar nicht.

«Was lacht der so? Schließlich war ich Legionär, bei der Blauen Division und bei der andern, und ich hab unter dem größten General gedient, den Spanien seit Trajan hervorgebracht hat: General Muñoz Grandes. Hast du gesehen, wie ich marschiert bin? Weißt du, was das heißt, marschieren, mit dem Sandsack auf der Schulter, bei der Legion? Wieso kann ich nicht Oberbefehlshaber der Streitkräfte werden?»

«Aber ja doch, klar, Bromuro. Biscuter wollte dich nicht beleidigen. Und wenn ich ihm helfe, welchen Posten bekomme ich dann?»

«Was du willst, Pepe, Don Federico III. verteilt sie mit vollen Händen. Was willst du denn werden?»

«Botschafter auf den Seychellen. Um die freundschaftlichen Bande zu festigen, die unsere Völker seit alter Zeit verbinden.»

«Welche Völker?»

«Das spanische Volk und die Insulaner.»

«Also davon habe ich noch nie gehört...»

«Gut, also wir beide sind versorgt, du und ich, aber die andern noch nicht, Biscuter und Charo.»

«Mich soll er mit Ihnen auf die Inseln schicken, Chef, auf die Haifischjagd. Ich will Unterwasserjagd und schwimmen lernen.»

«Alles klar, Biscuter. Federico hat seinen eigenen Kopf, aber mit Posten ist er der großzügigste Mensch der Welt.»

«Jetzt brauchen wir nur noch etwas für Charo, aber sie hat ihren eigenen Kopf und eigene Vorstellungen von ihrer Zukunft.»

Seine Exzellenz der Gouverneur schätzt bedeutungsträchtige Titel, und er lebt auf, wenn er sie mit dem Anlaß entsprechender Feierlichkeit und Emphase vorträgt. Daher versucht der Zivilgouverneur von Barcelona, es immer so einzurichten, daß jeder sich bietende Anlaß feierlich ist, oder, wenn er es nicht sein sollte, doch immerhin den Anschein der Feierlichkeit erweckt. Seit er dieses Amt inne hat, deklamierte er schon zweihundertvierzehnmal die Bezeichnung «Sicherheitssonderkommission 303» – gemeint ist die Konferenz der Polizei, Armee und Zivilschutz beziehungsweise ihrer jeweiligen Vertreter mit den höchsten Dienstgraden für Angelegenheiten der höchsten Sicherheitsstufe. «Es ist weder das erste noch das letzte Mal, daß eine so hochgestellte Persönlichkeit die Stadt besucht, aber wir stehen kurz vor den Wahlen, und es ist etwas faul im Staate Dänemark», rezitiert seine Exzellenz der Gouverneur ein ums andere Mal vor dem Bild des spanischen Königs, das ihn wirkungsvoll unterstützt. «Der Besuch wird innerhalb einer Woche stattfinden, und es sind nicht nur die üblichen, sondern verstärkte Sicherheitsvorkehrungen zu treffen. Uns liegt ein alarmierender Bericht vor über einen in unseren Archiven nicht bekannten Geheimbund, der Aufruhr plant.»

«Die allseits bekannten stehen unter Kontrolle, und bei gegebenem Anlaß werden sie während der Stunden des Besuchs festgenommen, das reicht.»

«Ich hege keinerlei Zweifel, Kommissar Contreras, daß Sie in der Sache besser Bescheid wissen als ich. Aber mein Bericht hat politische Dimension, und ich übergebe ihn Ihnen in voller Gänze. Ich bin gespannt, ob Sie noch weitere Schlüsse daraus ziehen können. Auf jeden Fall wiederhole ich: Dies ist kein Besuch wie jeder andere, und es bestehen ernste Befürchtungen, daß er ausgenutzt wird, um einen spektakulären Coup zu landen. Was ich erschrekkend finde, ist nicht die Tatsache, daß es sich um eine kriminelle Vereinigung handeln könnte – derlei Auswüchse können radikal beschnitten werden.» Die Hand des Gouverneurs wird zur Sichel, die das Unkraut abmäht. «Was ich erschreckend finde, ist der Skandal an sich, der Gedanke an sich!»

Contreras, der einen stundenlangen Vortrag befürchtet, versucht, dies zu verhindern, indem er ihn mit Fragen und Einwänden bombardiert. Er weiß, der Gouverneur wird eine Zeitlang darüber ungehalten sein, sich dann aber mit demselben Enthusiasmus daranmachen, die Zweifel des Kommissars zu zerstreuen, wie ein Tennisveteran sich ans Netz stellt, um die impotenten Bälle eines erschöpften Neulings zurückzuspielen.

«Die Taktik scheint mir gefährlich, nichts gegen die Verschwörung zu unternehmen und sie erst dann, wenn der Herr Gouverneur den Zeitpunkt für gekommen hält, zu liquidieren.»

Der Vertreter des Generalobersten wiederholt fünfmal, daß die Armee den Plan des Herrn Zivilgouverneurs befürworte, und der «Conseller de Gobernación» der autonomen Regierung von Katalonien scheint der formalen Seite des Themas wesentlich mehr Bedeutung zuzumessen als der inhaltlichen – mehr noch, seine Anwesenheit lenkt die Konferenz von dem eigentlichen Thema ab, denn er erscheint mit einer «Sancho Panza» im Mund, und schließlich dreht sich alles um die besten Marken und Sorten der kubanischen Zigarren. Wer viel raucht, sündigt wenig, wiederholt sich Contreras im Geist, während er sich bemüht, sein Mißtrauen gegenüber katalanischen Politikern nicht allzu deutlich zu zeigen. Wenn sie könnten, würden sie uns alle aufhängen. Tadellose Manieren, die Liebenswürdigkeit selbst, aber *den Dolch im Gewande*. Die Basken sind da ganz anders. Sie stecken dir eine Bombe unter den Arsch und – bum! – geht sie los. Aber man weiß, woran man ist. Die Katalanen dagegen, die sind falsch von A bis Z. Contreras wagt nicht, vor versammelter Konferenz das zu äußern, was er hinterher zu dem Vertreter des Generalobersten sagen wird. Dieser jedoch verwendet viel mehr Aufmerksamkeit darauf, bei jeder sich bietenden Gelegenheit martialisch zu grüßen, als auf die Worte eines Polizisten zu hören, der in dem Ruf steht, ein Fachmann auf seinem Gebiet, aber ein ewiger Nörgler zu sein.

«Wenn man mit den Basken kämpft, ist es im Grunde genauso, als wollte man sich mit bloßen Händen mit einem Gorilla anlegen. Aber bei den Katalanen steckt immer ein florentinischer Dolch im behäbigen Kummerbund. Meinen Sie nicht auch?»

«Ich werde dem Generalobersten über alles berichten und seine Befehle erwarten. Die Armee ist dafür, sich strikt an den Plan seiner Exzellenz des Zivilgouverneurs zu halten.»

«Strikt! Seiner Exzellenz des Zivilgouverneurs! Ich komme mir vor wie in Versailles», schimpft der Kommissar hinterher, als er allein ist, und die beiden Zivilgardisten, die hinter ihm gehen, hören, wie er sagt: «Die Politik macht auch den größten Draufgänger zum Schlappschwanz.»

Die Pensionswirtin hat offensichtlich einen Sauberkeitstick, denn während Carvalho spricht, streicht sie mit der Fingerkuppe über alles, was sich in ihrer Reichweite befindet, betrachtet sie dann prüfend und murmelt wirre Beschimpfungen. «Ich möchte wirklich mal wissen, womit die saubermachen! Alles voller Staub, widerlich! Aber wenn's darangeht, die Hand aufzuhalten, dann sind sie die Größten. Also, ich kann Ihnen nicht viel sagen. Don Federico traf sich immer mit ein paar Freunden in einer Bar an der Ecke, ich glaube in der Calle San Rafael oder auch im Park in der Calle del Hospital, im früheren Hospital de San Pablo. Alles so alte Kerle wie er, und dann ging das Getratsche los, darum ging es doch. Eine Schlampe! Ein richtiges Dreckschwein!»

Damit hält sie Carvalho zur Begutachtung einen Finger unter die Nase, der anscheinend voll Staub war.

«Wissen Sie, was ich an Stundenlohn zahle? Und das alles nur, damit das ganze Haus hinterher wie ein Saustall aussieht!»

«Ich weiß sehr gut, wieviel sie für eine Stunde verlangen.»

«Also, das wundert mich wirklich! Männer wissen nie, was eine Putzfrau für die Stunde nimmt.»

«Das darf man nicht verallgemeinern, Señora. Ich weiß jedenfalls, was sie für die Stunde nehmen.»

«Mein ganzes Leben habe ich noch keinen Mann getroffen, der das weiß.»

So hätte es bis zum Abend weitergehen können, wäre nicht das so oft beschworene Dreckschwein persönlich aufgetaucht, eine schmuddelige Putzfrau, die ihre neunzig Kilo wie ein Skilangläufer vorwärtswuchtet.

«Ich dachte, ich hätte Sie rufen gehört, und da sagte ich mir: ‹Wie kommt es nur, daß die Señora Leocadia schon so früh am Morgen nach mir ruft!›»

«Weniger Schnauze und mehr Sauberkeit, wenn ich bitten darf! Der Señor da hat alles gesehen. Da, schauen Sie her!»

Sie zeigt ihr ihre bestäubten Fingerspitzen.

«Sind Sie sich mit den Fingern unter der Achsel durchgefahren?»

Man kann die Atmosphäre nicht gerade herzlich nennen, die hier herrscht, ebensowenig die Worte der Dicken, die Carvalho nun als rednerischen Bezugspunkt benutzt.

«Wissen Sie, warum diese hysterische Kuh mir gekündigt hat, ganz egal, was sie alles erzählt?»

«Keine Ahnung.»

«Weil sie mir noch sechs Monate schuldet. Wenn ich zum Arbeitsgericht gehe, dann erzähle ich denen alles, was ich über diese Pension weiß, und dann kriegt sie eine Inspektion auf den Hals, daß sie die Bude dichtmachen kann. Die nehmen ihr alles weg, sogar das Toupet.»

«Ein Toupet trägt ja wohl Ihre Tochter, diese Schlampe, und nicht gerade auf dem Kopf, sondern sonstwo!»

«Nehmen Sie bloß den Namen meiner Tochter nicht in Ihr drekkiges Schandmaul!»

Auch bei geringfügigeren verbalen Anlässen war Carvalho schon Zeuge denkwürdiger Ringkämpfe zwischen kriegerischen und cholerischen Frauen geworden. Diese beiden jedoch scheinen nicht die Absicht zu haben, zum Handgemenge überzugehen. Sie verfolgen einander über den Flur mit den ausgeklügeltsten und schmutzigsten Beleidigungen, aber so, als erfülle jede eine vorher abgesprochene Funktion: die eine, indem sie einmal Staub wischt, um ihn dann zweimal zu übersehen, und die andere, indem sie Staubproben verschiedener Qualität und Konsistenz sammelt und damit die Verbrechen nachweist, über die sie dann ständig klagen kann.

Die Alten hören Carvalhos Frage zu, ohne mit der Wimper zu zukken, aber sie schauen einander an, als bestätige das, was der Neuankömmling sagt, ihre Vermutungen. Es sind gepflegte alte Männer, die sich inmitten der gotischen und neugotischen Architektur des ehemaligen Hospital de Santa Cruz y San Pablo von der Sonne wärmen lassen.

«Männer, die zu Großem bestimmt sind, müssen ihr Schicksal auf sich nehmen», bemerkt schließlich der Wortführer der Gruppe, die anderen nicken beifällig. «Federico war ein legitimer König. Als direkter Abkömmling der Königin Juana ‹la Beltraneja› hatte er das Recht auf die Krone, die Isabella von Kastilien usurpiert hat.»

«Warum nannte er sich Federico III.?»

«Weil es unter seinen Vorfahren schon zwei Federicos gegeben hat. Der erste erhob zu Lebzeiten Philipps III. Anspruch auf die Krone und endete auf dem Scheiterhaufen. Der zweite bekämpfte Isabella II. in den Reihen der Karlisten und mußte ins Exil gehen. Er wanderte nach Amerika aus und brachte es zu etwas Vermögen. Das war Federicos Urgroßvater. Später kehrte die Familie nach Spanien zurück, und während der Republik und unter Franco erging es ihm schlecht, aber als die Demokratie kam, beschloß Federico, seine Rechte geltend zu machen. Unter uns sind mehrere, die unter den Ungerechtigkeiten der Geschichte zu leiden haben. Dieser Herr da...»

Er deutet auf einen kleinen Alten, der sich gleichmütig auf den alten Spazierstock stützt, den er mit zwei Händen und seinem Kinn hält. «Dieser Herr da stammt von einem Bastard des Prinzen von Viana ab und könnte König von Katalonien und Aragón sein.»

«Und der Balearen», fügte der kleine Alte hinzu, etwas ungehalten über die Enteignung.

«Selbstverständlich, Don Ferrán, selbstverständlich!»

«Wenn ich König werde, würde ich mich gerne Ferrán VI. ‹der Gerechtigkeitsliebende› nennen.»

«Don Federico hat es Ihnen versprochen. Er war Monarchist, aber ein Anhänger von Manuel Azaña. Seine Ansichten über Spanien orientierten sich sehr an Azaña. Und wo wir schon beim Thema sind, hier darf ich Ihnen Don Carlos Muñoz vorstellen, den wirklichen Präsidenten der Republik im Untergrund.»

Don Carlos hebt die Hand zu seinem Filzhut, um Carvalho zu grüßen.

«Wie standen Don Carlos und Don Federico zueinander?»

«Gut. Allerdings, Don Federico hat angekündigt, er werde Don Carlos verbannen müssen, wenn er König sei und dieser seine Amnestie nicht annehme.»

«Die Könige sind alle gleich», klagte der alte Präsident der Republik.

«Was täten Sie an seiner Stelle?»

«Ich sagte zu ihm: ‹Möge der Bessere gewinnen! Wenn das spanische Volk sich für Sie entscheidet, gehe ich mit den Meinen ins Exil.›»

«Der arme Federico. Was wohl aus ihm geworden ist? Diese jungen Leute gefielen mir überhaupt nicht, die manchmal hierherkamen, uns angrinsten und sich mit militärischem Gruß verabschiedeten. Eines Tages standen sie Spalier für Don Federico, und er, so naiv wie er war, schritt diese ‹Ehrenformation› ab. Allerdings sagte er, sie hätten das nicht tun sollen.»

«Jeder König ist ein eitler Narr, auch wenn er so einfach ist wie Don Federico. Das Amt bringt es eben mit sich», urteilte Seine Exzellenz der Präsident der III. Spanischen Republik, Don Carlos Muñoz, nicht ohne eine gewisse Schärfe.

Der Wortführer dieser kämpferischen Senioren kann seinen Unmut über die Worte des Präsidenten im inneren Exil nicht verbergen.

«Haben Sie das auch gehört? Ich war der Meinung, durch das

Abkommen im ‹Parque Güell› sei alles vertraglich geregelt worden. Die Monarchie wird im Moment nicht in Frage gestellt, wer auch immer der Thronanwärter sein möge – ich wiederhole: wer auch immer der Thronanwärter sein möge. Aber Sie haben wahrscheinlich dasselbe gehört wie ich, nämlich daß Carlos, der Präsident, alle Könige eitle Narren genannt hat. Und schon sind wir wieder rückfällig, schon sind wir wieder dem altbekannten Dämon der Zwietracht zwischen den zwei Spanien verfallen. Wenn man ein Abkommen unterzeichnet hat, hat man sich gefälligst daran zu halten, vor allem, wenn es vom höchsten nationalen Interesse diktiert ist! Señor Carvalho, man sagt, der Mensch sei das einzige Tier, das zweimal in dieselbe Falle tappt. Aber ich sage Ihnen: ist dieser Mensch Spanier, dann passiert ihm dies nicht zweimal, auch nicht fünfmal oder fünfzigmal – nein, tausendmal! Und dabei habe ich Carlos die *Nachtwache von Benicarló* von Azaña zu lesen gegeben, damit er sich diese klugen Gedanken zu Herzen nimmt! Aber nein, im Grunde seines Herzens ist er ein Anarchist; eines Tages wird er randalieren und alles kaputtschlagen, was wir mit soviel Mühe aufgebaut haben.»

«Sie meinen das Abkommen vom ‹Parque Güell›?»

«Genau das! Ich will mich nicht brüsten, wenn ich behaupte, die treibende Kraft dieses Abkommens gewesen zu sein. Es hat uns zwanzig Jahre gekostet, es zustande zu bringen.»

«Darf man die wichtigsten Punkte des Abkommens erfahren?»

«Annahme derjenigen Staatsform, die die Spanier zu gegebenem Zeitpunkt per Volksabstimmung beschließen. Im Falle des, wie wir hoffen, Sieges der monarchischen Formel Respektierung sowohl der Vizekönigtümer als auch der autonomen Städte und Tendenz zur föderativen, erblichen Monarchie.»

Es ist dunkel geworden, und Carvalho sitzt immer noch auf einer Parkbank mit dem seltsamen Alten, der eher singt als redet. Die Bank steht gegenüber einer Discothek, vor der es von jungen Leuten wimmelt. Travoltas, einheimische Punkies, Schwarze Engel mit mehr Nieten als Leder, gepflegte junge Athleten in paramilitärischer Kluft. Der Alte reckt den Kopf hoch, kneift die Augen zusammen und deutet auf einen jungen Mann.

«Der da, der so merkwürdig gekleidet ist, als Fallschirmjäger oder was weiß ich, das ist einer von denen, die in den Park kamen, um sich über uns lustig zu machen. Es war sein Vorschlag, Don Federico die Ehrenformation abschreiten zu lassen.»

«Sind Sie sicher?»

«Jawohl. Ich ging einmal dort vorbei und wäre beinahe mit ihm zusammengestoßen. Dann blieb ich an der Ecke stehen, um ihn zu beobachten, und er ist es wirklich, das garantiere ich Ihnen.»

«Kennen Sie die andern auch?»

«Nein, die andern nicht. Aber sein Gesicht ist mir im Gedächtnis geblieben. Dieser Junge hat keinen guten Kern, keine gute Veranlagung. Er hat den Blick eines Mörders. Faschistenaugen.»

«Faschisten haben sehr verschiedene Augen.»

«Ich will nicht behaupten, daß sie bei allen Faschisten gleich sind, aber sie haben eine gemeinsame Grundlage, die Verachtung. Die steht immer im Hintergrund, wenn man ihnen in die Augen schaut.»

Carvalho betrachtet den alten Mann, diesen hinfälligen Körper mit seinen Vogelknochen, die unter jedem Windhauch des Lebens oder der Geschichte zerbrechen würden, und mahnt ihn mit beherrschter Stimme zur Vorsicht.

«Seien Sie vorsichtig! Wenn Federico etwas geschehen ist, wird es seinen Freunden nicht besser ergehen.»

Nichts ist weniger geeignet als dies, um den Alten abzuschrekken. Er erhebt sich wie eine historische Flamme. «Wenn die Franquisten uns nicht gewachsen waren, dann auch niemand anders!»

Immerhin hat er erreicht, daß der Alte nach Hause geht, und Carvalho bleibt auf der Bank sitzen und beobachtet zerstreut die verbalen und averbalen Spiele der Adepten der historischen Mörder. Jede ihrer Bewegungen ist von einer kalkulierten Virilität. Sie posaunen ihre Version der Geschichte laut heraus, indem sie die zarte Fauna des gotischen Gartens schikanieren. Die Tauben flüchten vor ihren Fußtritten, ebenso die Katzen, die ihren Durst nach kostenloser Grausamkeit wittern.

«Die Katze da sieht aus wie Sárez! Los, jagt sie!»

Damit stürzen sie sich auf das Tierchen, aber es hat Zeit genug, einen Laternenmast zu erklettern. Dort wird es die ganze Nacht miauen, bis die Feuerwehr oder seine Furcht vor dem Hungertod stärker sind als der Horror vor der Rückkehr auf einen Erdboden, wo es von Menschen wimmelt, die die Härte ihres Charakters dadurch demonstrieren, daß sie Katzen die Kehle durchschneiden, als Vorstufe dessen, was sie später mit Menschen tun werden. Der Junge mit den grausamen Augen nimmt jetzt die Gestalt des städtischen Polizisten aufs Korn, der mit lässigen oder klug vorsichtigen Schritten im Park Streife geht.

«Schaut mal, der Revolverheld! He, Gary Cooper!»

«Meinen Sie mich?»

«Jawohl, dich! Gary Cooper mit dem heißen Cowboygang. Und die Knarre da, kann man damit wirklich Leute abknallen, oder ist es nur eine Spraydose?»

«Euch habe ich schon länger im Auge. Eines Tages kriegt ihr Ärger mit mir. Noch ein Wort, und ihr kommt mit aufs Revier.»

Der Anführer der Gruppe zwinkert belustigt.

«Es war nicht böse gemeint, nur ein Spruch. Wir sind aufrechte Bürger und helfen dir, den Park von Ratten zu säubern.»

«Ich will keine dummen Sprüche hören, das wißt ihr. Ein Polizist ist ein Polizist, und wer vor der Polizei keinen Respekt hat, hat vor nichts und niemandem Respekt.»

Damit geht der Ordnungshüter, bevor seine Lage unhaltbar wird. Er geht mit der Überzeugung, sich psychologisch durchgesetzt zu haben, aber er weiß nicht, wie lange. Deshalb will er das laute Gelächter und das Pfeifkonzert nicht hören, die seinem Abgang folgen, obwohl nicht einmal jemand, der sich absichtlich taub stellt, es aus der geringen Distanz hätte überhören können. Carvalho stochert in der Wunde, als der Polizist in seine Nähe kommt.

«Ja, ja, die Jugend von heute!»

«Aber ich verschaffe mir Respekt! Wenn man denen nur ein bißchen nachgibt, tanzen sie einem auf der Nase herum.»

«Ich hab's gesehen, ich hab's gesehen. Sind diese Rowdies jeden Abend hier?»

«Ab und zu. Ich sage Ihnen, das sind keine schlechten Kerle, und mir ist es lieber so, als wenn sie Dummheiten machen. Lieber ein bißchen gewalttätig, als sich wie andere den lieben langen Tag eine Spritze nach der andern zu verpassen, das ist der reine Abschaum.»

«Möglicherweise haben Sie recht.»

«Aber Respekt vor der Autorität muß sein. Erst macht man sich über einen Polizisten lustig, und am Ende ist man ein Verbrecher. Das ist es, was man denen klarmachen will.»

Dem Faschistenführer scheinen Situation und Ort langweilig geworden zu sein, und er geht zu seinem Motorrad. Noch schneller ist Carvalho bei seinem Auto auf dem Gardunya-Parkplatz und folgt ihm zu seinem Ziel in Barceloneta. Zu Fuß geht er schließlich vor Carvalho her zu den Fischrestaurants am Strand, zwischen den Türstehern durch, die die Herrlichkeiten ihres Restaurants anpreisen. Einer davon versucht, den Jungen am Arm zu packen und anzuhalten, und wird gegen einen großen Auslagekorb mit Fischen auf Eisstückchen gestoßen. Carvalho geht schneller, als der Junge schneller geht, und sieht, wie er in der Nähe der stillgelegten Werften ein großes, altes Mietshaus betritt. Es scheint leerzustehen, und Carvalho sieht es sich von der Straße aus genau an. Der Verfolgte hat einen großen, halbverfallenen Salon betreten, wo mehrere junge Männer Kampfsporttraining machen, und fordert mit einem Schrei zwei davon auf, mit ihm zu kommen. Er winkt sie an ein Fenster und zeigt auf Carvalho, der von der Straße herauf unverhohlen das Gebäude mustert. Die beiden Jungen schauen fragend. Der Verfolgte nicht. Auf seinem Gesicht stehen unverändert ein neugieriges Grinsen und eine gewisse innere Befriedigung.

Noch nie ist er mit so viel Ehrerbietung behandelt worden, mit so tiefem Respekt vor der historischen Bedeutung, die er in sich fühlt, seit ihm seine Berufung zu Höherem offenbart worden ist. Diese jungen Leute sind bezaubernd, der beste Beweis, daß die junge Generation nicht so dekadent und verkommen ist, wie die herrschenden Klassen behaupten, um den Männern der Zukunft ihre geschichtliche Bedeutung abzusprechen. Federico ist der Aufforderung eines Abgesandten der im Untergrund tagenden ‹Cortes Populares›[1] nachgekommen und hat sich bereit erklärt, in ein Herren-

1 mittelalterl. Ständeversammlung, die den König im Amt bestätigt.

haus überzusiedeln, das das Covadonga[1] des neuen Regimes werden soll. Man behandelt ihn, wie man nur Thronanwärter behandelt. Jeder seiner Wünsche ist ein Befehl. Selbst als er Papier verlangt, auf dem das königliche Wappen und der Wahlspruch seiner Dynastie, *«Primus inter pares»*, prangen, verfügt er schon sechs Stunden später über fünfhundert Blatt Stempelpapier, die er für Mitteilungen an alle Machtzentren der Welt benutzt. Die Sendschreiben an den Generalsekretär der Vereinten Nationen, Präsident Reagan und Seine Heiligkeit sind kaum angetrocknet, schon nimmt ein Kammerdiener die Korrespondenz mit und schießt mit einem schwarzen Motorrad, das wie eine Haubitze aus dem Hause Krupp aussieht, auf die Straße hinaus zur nächsten Postdienststelle. Den Namen des nächsten Dorfes hat man ihm aus Sicherheitsgründen verschwiegen, aber es ist ihm versichert worden, seine Gefangenschaft werde von kurzer Dauer sein, es sei alles für einen Staatsstreich vorbereitet, der ihn auf den von den Bourbonen usurpierten Thron bringen werde.

«In der Tat beginnt die Usurpation schon beim Haus Trastámara, aber das ist eine lange Geschichte...»

«Lassen Sie Ihre Dynastie beginnen, wann Sie wollen, Majestät! Was wahr ist, muß wahr bleiben.»

«Wie schön, daß Sie mir das sagen! Mein ganzes Leben war ich ein Märtyrer, weil ich die Wahrheit gesagt habe in einer Zeit, als niemand sie hören wollte. Ich glaube nicht, daß die Wahrheit opportun ist. Wer sie auf eine Frage der Opportunität reduziert, erweist der menschlichen Vernunft und der Geschichte einen schlechten Dienst.»

Sie achten auf jedes Detail. Beim mündlichen oder schriftlichen Verkehr mit ihm werden stets Wörter wie König, Königin, königlich, majestätisch benutzt, selbst die Menüs sind mit königlichen Zutaten oder Adjektiven versehen, am eindrucksvollsten der *flan Royal*, der täglich das Zentrum einer herrlichen Krone aus verschiedenen Beilagen bildet.

1 Dorf in Oviedo. Dort begann 718 n. Chr. mit dem Sieg über den Mauren Alcama die Reconquista.

Anders ist die Lage, wenn er versucht, seinem Hofstaat politische Theorie zu predigen, denn aus einer falsch verstandenen Ehrerbietung heraus gehen sie nicht auf seine Vorträge ein, sondern beschränken sich auf respektvolle, aber einsilbige Antworten, die wenig Licht werfen auf das Verständnis der ständigen Lektionen aus dem Munde Federicos III. von Kastilien und León.

Sie haben ihn auch gebeten, den Garten nicht zu betreten, da er jedem auf der Lauer liegenden Mörder ein leichtes Ziel bieten würde.

«Auf Ihren Schultern ruht die Zukunft Spaniens und eines unter einer sozialen und konstitutionellen Monarchie geeinten Europas», hat ihm sein amtierender Gardechef, der ‹Schwarze Herzog›, versichert. Er trägt ständig eine schwarze Kapuze, was Don Federico stört, weil er den Eindruck hat, mit einer Mumie oder mit dem ‹Großen Unsichtbaren› zu sprechen.

Aber er genießt die Situation so sehr, daß er keinen Gedanken an ihre Nachteile verschwendet.

In dieser Nacht hat Federico III. mehr Gratulationsschreiben und Huldigungen erhalten als sonst. Er speist allein in einem altspanisch eingerichteten Salon mit kristallenen Lüstern, bedient von zwei uniformierten Jungen. Sie bewirten ihn mit königlichem Zeremoniell, man hört Kammermusik von Albinoni, und auf dem Geschirr prangt die Rose auf dem Hintergrund der Fahne von Kastilien und León. So groß ist das Entzücken, mit dem er diese Momente genießt, daß ihm die ironischen Blicke der Jungen nicht auffallen, die sich manchmal zu Lachsalven steigern, wenn Federico III. in seiner königlichen Machtfülle schwelgt.

«Sag, mein Junge, wie heißt du?»

«Honorio, Majestät!»

«Ich werde mir deinen Namen merken. Wenn ich König bin, ernenne ich dich zu meinem Obermundschenk.»

«Haben Eure Majestät gut gespeist?»

«Vorzüglich, diese Königinsuppe, und das Rindersteak *à la Prince of Wales* war genau richtig durch.»

Ein junger Herold salutiert an der Tür und meldet: «Seine Exzellenz der Schwarze Herzog!»

Ein Mann von starkem Körperbau tritt mit entschlosssenen Schritten ein. Sein Kopf verhüllt eine schwarze Kapuze. Er verneigt sich vor Federico, der ihn mit einem huldvollen Lächeln belohnt.

«Wann werden Sie endlich diese schwarze Kapuze abnehmen? Finden Sie das unbedingt nötig?»

«Ich habe dem Apostel Jakobus gelobt, mein Gesicht so lange nicht zu zeigen, bis Federico III. auf dem Thron von Kastilien und León und ganz Spanien sitzt.»

«Tun Sie, was Sie für richtig halten, aber verstehen Sie bitte, daß es störend ist, wenn man mit einem Mann spricht, der sein Gesicht in einer Kapuze verbirgt!»

«Ich habe gute Nachrichten für Sie, Majestät! Der Tag X rückt näher. Und Ihre Mitwirkung ist unerläßlich.»

Ein ekstatisches Lächeln taucht das Gesicht Federicos III. in blaues Neonlicht.

Der Oberst gibt dem Generalobersten einen kurzen Überblick über den Verlauf der Sitzung der Sicherheitssonderkommission. Der Generaloberst lauscht mit der von Amts wegen gebotenen Aufmerksamkeit, ist jedoch entschlossen, von einer Sache keine Notiz zu nehmen, die nicht in seinen Zuständigkeitsbereich, sondern in den der Zivilisten fällt. Sobald seine Exzellenz der Generaloberst von Katalonien signalisiert, daß er genug unterrichtet sei, salutiert der Oberst und geht zu einem Umkleidezimmer, wo er die Uniform gegen Zivilkleidung eintauscht. Minuten später verläßt er als Zivilist die *Capitanía*, verzichtet auf den Soldaten, der sich diensteifrig ans Steuer seines Wagens setzen will, und fährt allein los. Es ist nicht weit. Das Auto fährt zu einem engen Sträßchen in Barceloneta, wo Kinder spielen, die nichts anderes zu tun haben, und streunende Katzen in den Plastiktüten mit Abfällen ihren Lebensunterhalt suchen. Der Fahrer des Autos bewegt sich mit der Sicherheit eines Ortskundigen durch einen Teil des Labyrinths und geht zu einem großen Mietshaus. Ein Dutzend Jugendliche sind dort beim Kampfsporttraining. Er geht an der Gruppe der schreienden Krieger vorbei zu einer hölzernen Treppe, die zu einem Raum im Zwischengeschoß führt. Als letzter erscheint er zu diesem Treffen von Männern mit Gesichtern, aber ohne Namen. Sie haben ihn eher mit Spannung als mit Ungeduld erwartet und überfallen ihn sofort mit der Frage: «Was sagt das Militär?»

«Das fragen Sie mich? Ich spreche nicht im Namen des Militärs.»

«Sie, Herr Oberst, sprechen im Namen der Militärs, die Spanien in dieser Zeit allgemeiner Ignoranz am treuesten ergeben sind. Ich schäme mich, ein Zivilist zu sein.»

«Geduld, Geduld, das Ende der Farce ist nahe.»

Der Oberst lehnt sich im Stuhl zurück und verläßt damit die vorderste Linie des Dialogs, um einen Mann von strengem Äußeren, zweifarbig in Schwarz und Grau, die Sachlage erläutern zu lassen.

«Die finanzielle Seite ist vollkommen geregelt. Was die strategische Seite angeht, stehen die Überfallkommandos bereit, ebenso der ‹Überraschungsfaktor›. Er ist aus dem Verkehr gezogen und sorgfältig bewacht, um den kleinsten Ausrutscher zu vermeiden. Es handelt sich um eine nicht vorhersehbare, aber vorhersagbare Person – und darin liegt das *quid* der Sache. Sobald das Attentat verübt ist, wird der Attentäter *in situ* seinerseits exekutiert. Die Kommandos überfallen in einer Blitzkampagne die roten Avantgarden und bestimmte demokratische Persönlichkeiten. Auch ein paar kirchliche Würdenträger werden die Zeche bezahlen müssen. Zu diesem Zeitpunkt tritt der militärische Plan in Kraft, das heißt, jetzt haben Sie das Wort, Herr Oberst!»

Der Oberst reiht sich wieder in die Linie seiner Kampfgenossen ein und umkreist das Thema mit vagen Andeutungen.

«Ich rechne mit Ihrem Verständnis für die Tatsache, daß ich nicht deutlicher werden kann. Das Machtvakuum wird eine sofortige Sondersitzung des Oberkommandos erforderlich machen, die wird aber nicht frei von Pressionen sein. Das ist der Zeitpunkt, zu dem die patriotischen Militärs im Namen der gesellschaftlichen Normalität eingreifen müssen, um ihre politischen Bedingungen durchzusetzen.»

«Es darf nichts schiefgehen. Wir bezahlen einen hohen Preis.»

«Er hat es nicht anders gewollt.»

«Ich habe keinen Funken Mitleid für ihn. Er zog den Schwanz

ein, als die Geschichte ihn gebraucht hätte, und jetzt steht er an der Spitze derer, die für die Katastrophe verantwortlich sind. Er ist der Hauptschuldige des ganzen Debakels.»

«Das Oberkommando braucht unbedingt die Namen der Leute, die auf unserer Seite stehen und bereit sind, eine politische Lösung mitzutragen.» Der Oberst hat gesprochen. Seine Augen richten sich auf die Aktentasche in den Händen des Mannes in Halbtrauer. Die Hände scheinen zu zögern, ihre Beute festhalten zu wollen, übergeben sie aber schließlich dem Obersten.

«Ich lege den zivilen Teil der Verschwörung in Ihre Hände.»

«Bei mir ist er gut aufgehoben.»

«Können Sie hinsichtlich der militärischen Seite nicht etwas deutlicher werden?»

«Die beiden Seiten haben unterschiedliches Gewicht, und Sie werden wohl nicht bestreiten wollen, daß die militärische das größere besitzt.»

Augen und Nase des Obersten verschwinden in der Aktentasche, was den vorherigen Besitzer so nervös macht, daß er instinktiv seine Hände danach ausstreckt.

«Haben wir auch die Namen der Freiwilligen der Überfallkommandos?»

Der Mann in Trauer lacht sarkastisch.

«Wir haben uns nicht die Mühe gemacht, die Fußgänger zu erfassen. Unsere Sache ist eine Sache der Elite für die Elite!»

Die Verfolgung eines Faschisten durch die ganze Stadt, zwei Tage und zwei Nächte bis zum Morgengrauen, ist zuviel für Carvalhos Alter. So hat er sich das nicht vorgestellt. Die Marschroute war für ihn eine Strafe: Hamburgerlokale, Discotheken, Spielhallen, Billardsäle, das Kampfsportcenter von Barceloneta, der Park des alten Hospital de Santa Cruz y San Pablo. Überall, außer im Trainingszentrum, hat Carvalho wenig interessante Begegnungen mit Jungfaschisten, die sich zu früh rasieren, miterlebt. Das Bemerkenswerteste an der Person des jungen ‹Condottiere› ist seine ständige Begleiterin, eine große, wohlausgestattete Dunkelhäutige mit jungfräulichen Ringen unter den Augen und den violetten Schläfen einer Zofe, wie sie die andalusischen Maler malten, als es noch Zofen gab. Der Verfolgte scheint entweder nicht zu bemerken, daß er verfolgt wurde, oder dem keine Bedeutung beizumessen. Carvalho hat sich ein Limit gesetzt, dem er immer näher kommt: das Alarmsignal der Langeweile schrillt, als er halbschlafend im Auto wartet, während sein sogenanntes Opfer gegen Marsmännchen kämpft oder sein Glück an verschiedenen Spielautomaten versucht, stets begleitet vom Enthusiasmus seiner Jünger und der müden Skepsis der Dunkelhäutigen. Gibt es denn keine interessanteren Faschisten, fragt sich Carvalho. Ganz bestimmt, antwortet er sich selbst.

Der Detektiv scheint im Auto zu schlafen, läßt aber den Eingang der Spielhalle nicht aus den Augen. Seine ganze Trägheit verschwindet schlagartig, als der Junge herauskommt. Er schaut nach rechts und links und bleibt stehen, um etwas zu der schönen Dunkelhäutigen zu sagen, die daraufhin das Etablissement betritt. Der Junge geht an Carvalhos Auto vorbei und streift mit seinem Jackenärmel beinahe den Kopf des Detektivs, der aus dem Seitenfenster schaut. Carvalho zieht sich instinktiv zurück und schaut ihm im Rückspiegel nach. Er macht Anstalten, in ein Auto einzusteigen, ändert dann abrupt seine Absicht und rennt zu einer Straßenecke in der Gegenrichtung. Carvalho hält es jetzt für nötig auszusteigen, um hinter ihm herzulaufen, aber als er die Straßenecke erreicht, strömt ihm eine Menschenmenge entgegen und legt sich als unüberwindliches Hindernis zwischen ihn und den Verschwundenen. Ein Wasserfall eiskalter Enttäuschung stürzt über ihn nieder. Er muß wieder von vorn beginnen. Dieselbe Scheiße noch einmal aufrühren.

Bei den Freunden von Don Federico läßt er sich auf eine Bank fallen, bekommt aber mehr Fragen als Antworten. Federico ist endgültiger verschwunden als der König von Rom, berichten sie ihm in vollkommener historisch-monarchistischer Einmütigkeit.

Carvalho greift auf einen Kontakt zurück, der ihn anekelt. Ein ehemaliger kommunistischer Parteigenosse, mittlerweile steinreicher Rechtsberater von Geschäftsleuten der äußersten Rechten, von Hitleranhängern bis zum «Opus Dei». Er läßt sich sogar umarmen und auf die Schulter klopfen von dem alten Genossen.

«Hör mal, aus welchem Grund könnte ein verrückter Alter für eine Gruppe von Jungfaschisten interessant sein?»

«Kommt ganz auf den Verrückten an.»

«Ein Alter, der sich selbst König von Kastilien und León nennt. Liegt etwas in der Luft? Sind deine faschistischen Herren aufgeregt oder beunruhigt?»

Mit zuviel Nachdruck für einen, der nichts weiß, betont er, nein, er wisse nichts, und selbstverständlich habe er keine Herren, weder Faschisten noch Antifaschisten. «Warum gehst du nicht zur Polizei?»

«Scheint sich nicht für die Sache zu interessieren. Ein alter Spinner weniger. Was bedeutet das schon?»

«Dann laß es dir eine Lehre sein, und steck deine Nase nicht in Dinge, die dich nichts angehen!»

«Sagst du mir das als Freund?»

«Als vernünftiger Mensch.»

Zwecklos, nochmals in der Pension nachzufragen oder bei alten Freunden. Überall dasselbe Kopfschütteln, dieselbe Ohnmacht, derselbe Fatalismus.

«Was weißt du über schwarze Geheimbünde in Barcelona, Bromuro?»

Der Schuhputzer beschäftigt sich gelegentlich mit Carvalhos Stiefeln. «Mit Politik will ich nichts zu tun haben. Politik ist das Dreckigste, was es gibt.»

«Aber du bist doch ein alter Faschist. Du solltest auf dem laufenden sein!»

Bromuros Bürste kommt zum Stillstand. Er blickt auf. «Woher willst du überhaupt wissen, daß ich ein Faschist war? Ich war ein Caballero und Legionär, und damit hat sich's. Ich bin ein besserer Demokrat als alle Väter der Verfassung zusammen, ich habe nämlich für die Verfassung gestimmt, obwohl mir keiner einen Pfennig dafür gab. Aber die sind mindestens fürs Schreiben bezahlt worden. Ich habe für die Verfassung gestimmt, denn damals wußte noch keiner, daß es Beschiß war, daß weiter die Luft verpestet und Wasser und Brot mit Bromid verseucht werden. Neulich kaufte ich mir ein

Brot, das schmeckte derart nach Bromid, als ob sie ganze Bromidtabletten mitgebacken hätten, nicht mal vorher aufgelöst. Von den Rechtsradikalen weiß ich nichts und will ich auch nichts wissen. Aber ich glaube, denen sind hier die Hände gebunden, und das ist auch gut so. Ab und zu dürfen sie sich mal prügeln, aber wenn sie zu weit gehen, dann geht's ihnen an den Kragen. Außerdem haben die *Patrone* ganz hübsch was auf der hohen Kante, und solange es denen gutgeht, haben die Radikalen keine Chance, die Rechten nicht und die Linken nicht, das sag ich dir, Pepe, und ich habe eine Menge Flugstunden hinter mir! Ich bin kein *Patron*, ich habe noch nie einen Pfennig Geld gehabt.»

«Dein Freund, der König, ist vom Erdboden verschwunden, und es würde mich gar nicht wundern, wenn ihn eine Faschistenorganisation entführt hätte.»

«Es wäre gar nicht nach seinem Geschmack. Er hat mir versprochen, daß er ein konstitutioneller Monarch wird. Er wußte sogar schon genau, wer die Regierung berufen sollte.»

«Wer denn?»

«Der alte Sozialist, der Bürgermeister von Madrid. Er hat immer gesagt: ‹Wie gut dieser Mann reden kann! Er verdient es, Premierminister des Königs zu werden.›»

«Tierno Galván.»

«Genau. Ich bewundere Leute, die gut reden können. Das gibt es heute nur noch wenig. Du bist sehr jung, du hast die großen Führer der Republik nicht mehr gehört. Ich saß immer begeistert am Radio, wenn Prieto oder die ‹Pasionaria› redeten, oder Azaña! Der konnte wirklich reden, und ohne Spickzettel, mein Lieber.»

Das heißt also, du hast Azaña bewundert. Aber wenn er vor dir an der Wand gestanden hätte, hättest du auch abgedrückt.»

«Ich gehörte zwar zu dem Jahrgang mit dem Schnuller im Mund, aber ich hätte abgedrückt, natürlich. Bildung ist nicht wichtiger als der Kampf. Daß er gut reden konnte, heißt noch lange nicht, daß man ihn nicht umlegen durfte. Er hat uns reingelegt.»

Es kommt selten vor, daß Carvalho von Bromuro genug hat. Jetzt ist es soweit. Bromuro erntet die Früchte vergeblicher Wege und Bemühungen.

«Was interessiert mich eigentlich Federico III. von Kastilien und León? Was kümmert mich ein Verrückter, der König sein will in einer Welt voller Verrücktheit?»

«Chef, ich glaube, Sie haben heute schlechte Laune», bemerkt Biscuter.

«Stimmt.»

«Soll ich Ihnen was zum Abendessen machen? Señorita Charo hat angerufen. Sie hat sich erkundigt, ob Sie gestorben seien. Was soll ich ihr sagen, wenn sie wieder anruft?»

«Sag ihr ruhig, ich sei gestorben und hätte ihr meine Nieren zur Transplantation vermacht.»

Carvalho zieht sich zu Hause die Schuhe mit den Füßen aus und läßt sich aufs Sofa fallen. Er fröstelt. Er steht auf und holt ein Buch aus der Bibliothek. Mit *Carvalho und die tätowierte Leiche* von Vázquez-Montalbán zündet er sein Kaminfeuer an, die einzige Quelle von Licht und Wärme im Zimmer. Inzwischen sind draußen im Garten mehrere jugendliche Schatten über die Mauer gesprungen. Wie nach einem wohldurchdachten Plan gehen sie mit militärischer Präzision und einer Entschlossenheit vor, die von den Schlagstöcken und Ketten in ihren Händen gelenkt wird. Der junge Bursche, den Carvalho verfolgt hat, kommandiert sie. Er ist es auch, der sich der Lichtquelle nähert und durch die leichte Glastür die Szene betrachtet, wie Carvalho auf dem Sofa liegt, eine Platte von Manzanita hört und ins Kaminfeuer starrt, das jetzt voll entflammt ist. Der junge Mann tritt von der Tür zurück, stößt einen Schrei aus und sprengt mit einem gezielten Tritt das Türschloß auf, so daß beide Türflügel, Glas und Holz, zu Bruch gehen. Obwohl Carvalho schnell reagiert und hochschnellt, sind sofort vier dunkle Gestalten über ihm. Ein kurzer, aussichtsloser Kampf, bei dem es Carvalho gelingt, den einen oder anderen Fausthieb auszuteilen, aber schließlich liegt er am Boden und wird brutal zusammengeschlagen. Das Gesicht des jungen Anführers grinst im Licht des Kaminfeuers. Er nimmt nicht direkt an der Vergeltungsaktion teil. Als er eine Trillerpfeife an die Lippen setzt und pfeift, lassen die vier Gestalten von Carvalho ab und ziehen sich diszipliniert zurück. Der Junge geht ebenfalls, aber rückwärts und beobachtet, immer noch grinsend, Carvalhos vergebliche Versuche, aufzustehen. Er schafft es, als die vier das Zimmer verlassen haben, taumelt hinaus in den Garten. Die ganze nächtliche Welt schwankt hin und her, und er versucht, seine Angreifer einzuholen. Immer ein paar Stufen auf einmal nehmend, rennt er die Treppe hinunter, öffnet die Gartentür und bricht halb ohnmächtig in die Knie. Er sieht gerade noch, wie das Auto wegfährt. Das dunkelhäutige Mädchen sitzt am Steuer und wirft einen verstohlenen Blick voller Unruhe und Widerwillen auf Carvalhos verschwollenes Gesicht. Er spuckt Speichel und Blut aus, wird so aber nicht den bitteren Nachgeschmack der Niederlage los, der Niederlage gegen Gegner, die er verachtet. Ihre Schläge haben ihn gedemütigt. Er hat sie bekommen wie historische Prügel im Namen einer bösen Macht, die sich nicht damit abfinden kann, daß ihre Zeit um ist. Als hätte er sich selbst dabei zusehen können, wie er von dieser dunklen Macht besiegt wurde, empfindet er Mitleid, Beleidigung und Wut, wie der Sohn des Kapitäns in *Die Brüder Karamasow* die Demütigung seines Vaters miterlebt. Vielleicht könnte er den Zustand des Nihilismus und potenzierter Verachtung überwinden, wenn er *Die Brüder Karamasow* verbrannte, aber plötzlich fällt ihm ein, daß er das schon 1976 getan hat. Es war bei der ersten Hundertschaft ausgewählter Werke, die auf dem Scheiterhaufen landete, nachdem er begriffen hatte, daß sie ihn niemals etwas lehren würden, daß sie ihn niemals etwas wirklich Brauchbares gelehrt hatten.

«Wahrscheinlich wollen Sie jetzt noch eine Medaille dafür haben. Man läßt sich nicht ganz umsonst das Gesicht kaputtschlagen.»

Inspektor Contreras hält es zunächst nicht einmal für nötig, von den anscheinend höchst dringlichen Papieren auf seinem Schreibtisch aufzublicken, als sein Assistent ihm mit der ganzen Empörung, deren er fähig ist, verkündet, welcher Art das Bündel ist, das er ihm ins Büro bringt.

«Da haben Sie Ihren Lieblingsschnüffler!»

Aber früher oder später muß er doch aufblicken. Er tut es abrupt und staunt nicht schlecht über Carvalhos Gesicht.

«Worum geht es?»

«Ich will eine Schlägerei anzeigen.»

«Hier werden keine Schlägereien angezeigt. Höchstens die Schläger.»

Sein Ärger ist frisch aufgeflammt, als hätte Carvalho etwas allzu Unzulässiges gesagt, seine Geduld überstrapaziert. Er erhebt sich, geht um Carvalho herum und wirft ihm strafende Blicke zu, um keinen Zweifel an seinem Ärger zu lassen. Carvalho bleibt sitzen, eine gewisse Schicksalsergebenheit auf seinem verschwollenen, von Blutergüssen und Schorf bedeckten Gesicht.

«Jetzt kommt er plötzlich hilfesuchend zur Polizei! Von Ihren Taten ist mir schon berichtet worden, Señor Carvalho. Mehr als einmal sagte ich schon zu mir selbst: ‹Diesmal kommt er nicht davon›, denn Sie machen einen Narren aus sich und haben vor den Bestimmungen für Privatdetektive weniger Respekt als vor den Verkehrsregeln. Wer hat Sie denn gebeten, Ihre Nase in diese Sache hineinzustecken? Und warum kommen Sie jetzt zu uns?»

«Erstens bin ich zusammengeschlagen worden, und zweitens geht es um das Leben eines Königs.»

«Was ist das für ein blöder Witz?»

«Es geht um Federico III. von Kastilien und León.»

«Noch so ein Verrückter, der hinter Gittern sicherer wäre. Und dabei klagt die Presse immer, die Gefängnisse seien überfüllt. Es gibt Leute, die nur im Knast überleben. Nachher wird Ihre formelle Anzeige aufgenommen. Jetzt erzählen Sie mir, was Sie wollen! Aber schnell, ich habe sehr viel zu tun. Haben Sie die Täter erkannt?»

«Einen davon, den Anführer. Und das Mädchen, das den Wagen fuhr.»

Carvalho erzählt, was er über den Jungen mit dem Grinsen, Federico III. und die alten Männer im Park weiß. Er berichtet von der Verfolgung, den verschiedenen Orten, dem Treffen mit dem Mädchen und dem Überfall auf sein Haus. Der Kommissar weist einen seiner Assistenten an, Carvalho einen Stapel Fotos zu bringen.

«Sehen Sie nach, ob er hier dabei ist.»

Es ist gleich das sechste Foto.

«*El Luquelele!* Junge, Junge, ich dachte, er würde irgendwo in Afrika herumballern. Der läßt sich als Söldner anwerben, sobald es geht.»

«Warum heißt er *El Luquelele*?»

«Weil er bei einer Rockgruppe war, bevor er voll in die Schlägerszene einstieg, und er spielte immer die *luquelele* oder so etwas. Wichtig ist nur, daß wir ihn *El Luquelele* genannt haben, der Name ist hängengeblieben. Grinst er dauernd?»

«Ja.»

«Das ist er.»

Die beiden Polizisten betrachten die Fotos, als versuchten sie, das Gewicht der Person abzuschätzen.

«Wenn *El Luquelele* wieder da ist, dann ist der ‹Alte› auch nicht weit, dann ist der auch wieder da.»

Wie ein Echo bestätigt der Kollege die Meinung von Kommissar Contreras.

«Der ‹Alte› ist wieder da...»

«Und wenn der ‹Alte› wieder da ist...»

Die beiden Polizisten sehen einander an und vergessen zum erstenmal, daß Carvalho sie beobachtet.

«Wenn Sie gestatten, möchte ich gerne wissen, wer dieser ‹Alte› ist.»

«Ein ehemaliger Legionär, zäher als ein Wildschwein. Ein ganz gefährlicher Bursche. Wenn sie den hierhergebracht haben, dann gibt es Randale. Normalerweise ist er auf Eis gelegt und wird nur aufgetaut, wenn sie zuschlagen wollen. Aber diese Schlägerei ist nicht sein Stil. Ich sehe nicht, was die davon haben, wenn sie Sie verprügeln. Der ‹Alte› hat höhergesteckte Ziele.»

«Unterschätzen Sie mich nicht.»

«Glaubst du etwa, es lohnt sich, einen Schnüffler zu vermöbeln? Meinst du, dafür riskiert der ‹Alte›, daß er Schwierigkeiten bekommt?»

«Nein, nein, das ist nicht sein Stil.»

Carvalho macht Anstalten, zu gehen und sie ihren Fachsimpeleien über die bevorzugten Opfer des ‹Alten› zu überlassen.

«So ist's recht! Brav nach Hause, lassen Sie solche Sachen in Zukunft die großen Leute machen!»

«Meinen Sie die Schlägereien?»

«Nein, die Suche nach diesem alten Spinner.»

Brav nach Hause, lassen Sie solche Sachen die großen Leute machen! Er wiederholt sich diese letzte Empfehlung, die ihm Contreras mit auf den Weg gegeben hat, aber er hat andere Pläne. Nach Einbruch der Dunkelheit geht er zu dem Spielsalon, wo sich *El Luquelele* mit der schönen Dunkelhäutigen getroffen hat. Am ersten Tag ohne Erfolg, aber am zweiten kommt die Dunkelhäutige wieder, und Carvalho kann von seinem Beobachtungsposten aus ihre herrlich feste und sanft geschwungene Kruppe bewundern, geballte Energie, hin und her schwingend über einem langen, elastischen Beinpaar, dazu zwei Brüste wie ein Busenstar und ein Gesicht wie eine Flamencosängerin aus herzoglichem Hause. Das Mädchen geht zum Stadtzentrum, probiert bei *Gonzalo Comello* ein paar Pullis an und kommt mit einer prallgefüllten Einkaufstüte wieder heraus. Dann betrachtet sie die Standfotos des Films im «Tivoli», dann die im «Novedades», überquert wieder die Straße und bleibt interessiert vor dem Schaufenster einer Obsthandlung stehen, die tatsächlich imstande ist, mitten im Januar Melonen anzubieten. Dann betritt sie den Eingangsflur des «Novedades». Da kommt ein junger Mann auf sie zu und sagt etwas zu ihr, das aus Carvalhos Entfernung eine Frage nach der Uhrzeit sein kann, aber genausogut eine Aufforderung, mit ihm ins Bett zu gehen. Das Individuum steckt die Hand in die Tüte des Mädchens und nimmt etwas heraus, während sie lacht, als finde sie seine Frechheit amüsant und sie dadurch zu einer ganz normalen Sache macht. Das war alles, was der Mann von ihr gewollt hat, er verabschiedet sich schleunigst und verschwindet in Richtung Calle Layetana. Dort wartet an einer Straßenecke ein Auto auf ihn, in das er hastig einsteigt. Diesmal reagiert Carvalho prompt, hält ein Taxi an und fordert den Chauffeur auf, dem Auto zu folgen.

«Polizei?»

«Nein, Privatdetektiv.»

«Hören Sie, es wird doch hoffentlich nicht geschossen? Das Auto ist nämlich ganz neu.»

Das Auto war tatsächlich neu. Es roch so.

Federico III. ist gutgelaunt aufgestanden. Er schaut sich in seinem Bett mit dem Baldachin um und zieht an einer Klingel im Violett der Fahne Kastiliens. Sein junger Kammerdiener betritt den Raum, verneigt sich und bringt ihm das Frühstück ans Bett.

«Es ist schon spät. Es gibt nichts Schöneres, als guten Gewissens zu schlafen. Sagen Sie dem Chauffeur, er soll den Wagen vorfahren. Ich will eine Spazierfahrt in die Umgebung machen.»

«Der Wagen ist kaputt.»

«Immer ist er kaputt! Es ist ein Unding, daß das Auto eines Königs kaputt ist. Oder können Sie sich vorstellen, daß die englische Königin im Buckingham-Palast sitzt oder auf Balmoral und nicht wegfahren kann, weil ihr Wagen eine Panne hat? Also, wenn er kaputt ist, werde ich zu Fuß einen Spaziergang machen.»

Ein Schatten von Unruhe huscht über das Gesicht des Kammerdieners, der sich diskret zurückzieht und das Tablett auf den Knien des alten Mannes zurückläßt. Mit Appetit verzehrt er die Leckerbissen zu Orangensaft und Milchkaffee und beantwortet ein Klopfen an der Tür mit einem kurzen ‹Herein!›. Der Kapuzenmann betritt das Zimmer, und Federico III. zuckt zusammen.

«Also, guter Mann, immer noch diese Kapuze! Ich werde Ihnen den Titel ‹Herzog von der Kapuze› verleihen.»

«Ich hörte, Majestät wollen spazierengehen.»

«In der Tat. Jedesmal, wenn ich dieses Haus verlassen will, ist es aus dem einen oder andern Grunde nicht möglich. Zum Beispiel dieses Auto! Es ist ständig kaputt. Heute will ich spazierengehen.»

«Das wird nicht möglich sein, Majestät.»

«Nicht möglich? Ein Spaziergang?»

«Es gibt gewisse Anlässe – und das brauche ich Eurer Majestät nicht zu erklären, Sie verstehen von der Materie mehr als ich –, da muß ein König von Amts wegen auf die alltäglichsten Vergnügungen verzichten. Das Unternehmen, an dem Sie beteiligt sind, macht es unbedingt erforderlich, daß keiner Sie sieht, der nicht zum Haus gehört, und zwar bis zu dem Tag, an dem unsere Träume in Erfüllung gehen.»

«Nicht mal einen winzigen Spaziergang?»

«Nicht einmal das! Das Schicksal von Kastilien und León und von ganz Spanien steht auf dem Spiel.»

Der Alte ist vor den Kopf gestoßen und läßt die letzte Belehrung unbeantwortet. Der Kapuzenmann verneigt sich, zieht sich rückwärtsgehend zurück und winkt, bevor er das Zimmer verläßt, dem Kammerdiener, ihm zu folgen. Sie treten hinaus ins Vorzimmer, wo sie der verfolgte Verfolger Carvalhos erwartet. Der Kapuzenmann geht auf ihn zu und versetzt ihm überraschend einen Faustschlag in die Leber, daß er sich krümmt.

«Du Idiot! Was fällt dir ein, diesen Detektiv zu Hause zu überfallen! Wolltest du den ganzen Plan kaputtmachen?»

«Er hatte eine Abreibung verdient.»

«Du auch, wegen Blödheit! Wir sprechen uns noch, wenn alles vorbei ist. Paßt mir ja gut auf die Majestät auf, und wenn er mit seinem Spaziergang nervt, zeigt ihm die Zähne!»

«Ich könnte dieser Majestät jetzt schon laufend in die Eier treten. Man muß komplett plemplem sein, um das alles auszuhalten.»

«Ich hab gesagt, ihr sollt ihm die Zähne zeigen, aber nur, wenn unbedingt nötig. Daß dir ja nicht die Hand ausrutscht, sonst rutscht meine auch aus.»

Er schlägt die Kapuze zurück, und ein Gesicht mit einer Adlernase über dem graumelierten Schnurrbart kommt zum Vorschein, dessen gestärkte Spitzen steil zum Himmel zeigen. Sein weißes Haar ist preußisch kurz geschnitten.

«‹Alter›, deine Kapuze erinnert mich an die Perücke, mit der Carrillo nach Spanien kam.»

«Er darf bis zum letzten Augenblick mein Gesicht nicht sehen.»

Drinnen im Zimmer interessierte sich Federico für nichts mehr als für die Landschaft hinter der hohen Gartenmauer, die Umgebung dieses Hauses, das vor dem großen, so lange erwarteten Schlag sein Winterquartier geworden war.

«Ich hasse Gewalt, aber Gewalttäter verstehen keine andere Sprache.»

Beim Sprechen berührten seine Lippen beinahe die Fensterscheibe, und sein Atem hinterließ milchige Spuren, die einzigen Antworten auf seine ganzen unausgesprochenen Fragen nach dem, was geschehen würde, wie er den Sprung über die Jahrhunderte aufgeschobener dynastischer Ansprüche hinweg schaffen sollte. Der Mann mit der Kapuze hatte ihm versichert, es sei alles ganz einfach.

«Sie müssen nur einen kleinen Akt der Gewalt durchführen, Majestät. Zu einem gegebenen Zeitpunkt müssen Sie mit einer Pistole drohen, und alle werden feststellen, daß die Würfel gefallen sind. Sie richten die Pistole auf ihr Ziel und rufen gleichzeitig: ‹Ich bin Federico III. von Kastilien und León!› Alles andere überlassen Sie uns!»

«Aber vielleicht könnte ich erfahren, wo es sein wird, wie, wann und wie viele dabeisein werden?»

«Alles ist bis ins kleinste durchorganisiert.»

«Von wem?»

«Von der Heiligen Allianz.»

«Gibt es die noch?»

«Sie ist wieder ins Leben gerufen worden, um den legitimen Königen ihren Thron zurückzugeben.»

Offensichtlich ist er vom Glück begünstigt, denn er steht im Begriff, eine seit langem aufgeschobene Bestimmung zu erfüllen. Aus einer verborgenen Region seines Bewußtseins erreicht ihn die Botschaft, daß nicht alles so ist, wie es scheint. Aber der Wunsch, daß der Schein nicht trügen möge, ist stärker, und er schreibt sein Unbehagen seiner Nervosität zu; er fühlt sich in dieser erzwungenen präventiven Gefangenschaft wie ein Tier im Käfig.

«Wenn mich die Freunde aus dem Park jetzt sehen würden! Wenn sie es erfahren, wird es ihnen die Sprache verschlagen.»

Hundert Meter liegen zwischen dem Haus und der Umfassungsmauer, genug, um alle Geräusche von draußen zu dämpfen, so daß das Motorengeräusch eines Taxis nicht auffällt, das an der Einfahrt der Allee zum Hauptportal anhält. Es wird dunkel, und das Taxi bleibt ein paar Minuten stehen, als lausche es der Stille, die nach dem Ausschalten des Motors eingetreten ist. Carvalho hat den Taxifahrer anhalten lassen. Das andere Auto ist zum Gittertor einer großen Villa gefahren, die man in der Ferne undeutlich sieht, am Ende eines langen, von alten Akazien gesäumten Weges. Die Männer im Wagen sagen etwas ins Mikrofon der Sprechanlage, und das Tor öffnet sich sofort. Carvalho geht an der Umfassungsmauer entlang, die das Haus umgibt. Er entdeckt kleine Vorrichtungen, die ihm die Existenz einer Alarmanlage beweisen. Sie würde sofort losgehen, falls jemand versuchen sollte, hinüberzuklettern.

‹Sobald etwas, das über vierzig Kilo wiegt, die Alarmleitung überquert, geht die Sirene los.› So hat es damals der Sicherheitsexperte ausgedrückt. Carvalho hat sich nach dem System erkundigt, nachdem er seine Hündin Bleda mit durchgeschnittener Kehle im Garten gefunden hat.

Man muß die Parole kennen, wenn man hinein will, und Carvalho nimmt ein kleines Tonbandgerät, das eine Stunde lang aufnehmen kann. Er schaltet es ein, geht schnell zum Eingang und legt das Gerät so auf das Gehäuse der Sprechanlage, daß es aussieht, als gehöre es dazu. Dann entfernt er sich, geht in den Wald und überlegt, was er tun soll. Etwas auf dem Waldboden beantwortet diese Frage: ein *níscalo*. So wird Carvalho zum geduldigen, fast besessenen Sammler von Pilzen in der Nacht.

Der Oberst hat sich, immer noch in Zivil, in der Dunkelkammer eingeschlossen, wo sein Sohn seine ersten fotografischen Erfahrungen sammelt. Auf einem großen Tisch breitet er die Einzelteile eines Puzzles aus, teils mit Buchstaben, teils mit Skizzen bedeckt, die nur für ihn einen Sinn ergeben. Ein ums andere Mal studiert er die Teile und nickt befriedigt. Die Zeit ist reif. Nur noch wenige Stunden bis zum Ziel der Verschwörung. Er muß einen letzten Entschluß treffen, nimmt seinen Terminkalender zur Hand und dechiffriert eine verschlüsselte Zahl. Er prägt sie sich ein, während er sein Jackett anzieht und unter dem Vorwand, er müsse den Hund ausführen, auf die Straße geht. Das Tier wird an einen Baum gebunden und muß auf sein Herrchen warten, der in eine Telefonzelle geht und die Nummer wählt, die er sich eingeprägt hat.

«Ich rufe an, um Ihnen den Abschluß der Operation mitzuteilen. Jawohl, wir haben alle Kunden, die die Ware bestellt haben. Jawohl, selbstverständlich.»

Die neutrale Stimme am anderen Ende hat ihm gesagt, er wisse, was er zu tun habe. Er weiß es.

Er wird zum Erstaunen seiner Frau den Hund wieder nach Hause bringen, seine Uniform anziehen und zur *Capitanía* gehen, wo er seiner Exzellenz dem Generalobersten endlich den Anlaß zum Herzinfarkt liefern wird, für den dieser prädestiniert scheint.

Mit dem leichten Schritt, den er dem täglichen zweistündigen Jogging verdankt, geht er die Marmorstufen der *Capitanía* hinauf und gesellt sich zu dem Empfang Seiner Exzellenz für die ausländischen Teilnehmer der großen Luftfahrtmesse, die Seine Majestät der König während eines Blitzbesuchs in Barcelona innerhalb der nächsten Stunden eröffnen wird. Er bittet Seine Exzellenz um ein Gespräch unter vier Augen und sagt zu ihm, als er ihm erstaunt und gespannt am Schreibtisch in seinem Büro gegenübersitzt: «Wir stehen kurz vor einem Putsch. Auf den König wird ein Attentat verübt werden. Die öffentliche Ordnung wird gestört werden, dann wird die Armee eingreifen, um die Ruhe wiederherzustellen. Die Verfassung wird *sine die* außer Kraft gesetzt etc., etc.»

Der Generaloberst kann Augen und Mund gar nicht so weit aufreißen, wie er gern möchte. Schließlich hat der Schwamm seines Gehirns die ganze Wahrheit aufgesogen, und er stammelt, obwohl er versucht, mit einer seinem Rang entsprechenden Festigkeit zu reden.

«Was ist Ihre Rolle bei der Sache, und was ist meine?»

«Als dem Oberbefehlshaber dieses Ortes mache ich Ihrer Exzellenz Meldung und erwarte Ihre Befehle.»

«Aber Sie gehören nicht zum Geheimdienst! Sie wüßten nichts von alledem, wenn Sie kein Mitglied der Verschwörung wären.»

Der Oberst nickt und läßt den Generalobersten seinen Gedankengang zu Ende führen.

«Oder anders ausgedrückt, solange Sie mir nicht das Gegenteil beweisen, spreche ich mit einem Verschwörer.»

Er könnte das Spiel weitertreiben und den Generalobersten zu einem Kompromißversuch zwingen, aber er will sich das Leben nicht länger schwermachen.

«Ich bin tatsächlich beteiligt, aber mit der Erlaubnis, besser gesagt, auf Befehl des Oberkommandos. In diesem Augenblick halte ich eine Information von unschätzbarem Wert in Händen, die Liste aller Beteiligten der zivilen Verschwörung und der Militärs, die sich nicht scheuten, sich bei diesem Gangsterstück die Hände schmutzig zu machen.»

«Ich stehe auf der Seite der loyalen Diener Seiner Majestät und der Verfassung.»

«Niemand hat etwas anderes erwartet.»

«Das hätte noch gefehlt! In zwei Jahren gehe ich in den Ruhestand, und da sollte ich noch Schwierigkeiten riskieren? Was soll ich tun?»

«Es ist unbedingt erforderlich, daß Sie diejenigen, die sich in den Sumpf begeben haben, noch tiefer darin versinken lassen. Im letzten Moment, falls das angebliche Attentat wirklich in Barcelona verübt wird, werden sie hier anrufen und mit Ihnen sprechen wollen. Sie müssen sie reden lassen! Je mehr Informationen wir besitzen, mit denen wir später Druck ausüben können, um so besser.»

«Aber was ist mit dem Attentat?»

«Dazu wird es nicht kommen. Gestatten Sie mir, Ihnen keine weiteren Einzelheiten zu nennen. Ich muß diese Sache mit den Kräften zu Ende bringen, die sie unter Kontrolle bringen können, ohne daß Zivilisten die Nase hineinstecken.»

«Sehr gut. Zivilisten verderben alles, sie besitzen weder unsere Entschlußkraft noch unsere Disziplin.»

Die Zeit vergeht, und die Klaustrophobie macht aus König Federico III. von Kastilien und León ein eingesperrtes, gereiztes Tier. Seine ganze Würde ist dahin, er ist nichts anderes mehr als ein alter Mann, der einen Ausgang aus seinem goldenen Käfig sucht. Er probiert alle erreichbaren Türen. Geschlossen. Diejenigen, die theoretisch seine Diener sind, sehen aus der Entfernung zu, wie er hin und her hetzt. Angesichts der Unmöglichkeit, die Seitentüren zu öffnen oder aus den Fenstern im Erdgeschoß zu springen, da sie zu hoch über dem Erdboden liegen, gewinnt Federico III. seine königliche Würde wieder und schreitet entschlossen aufs Hauptportal zu. Ein Kammerdiener vertritt ihm den Weg.

«Ich will hinaus.»

«Tut mir leid, Majestät, aber das ist unmöglich.»

Majestätisch schiebt Federico III. seinen Diener zur Seite, aber als er die Hand nach dem Türknauf ausstreckt, wird er mit eisernem Griff am Arm gepackt und gezwungen, den Knauf wieder loszulassen.

«Was unterstehen Sie sich?»

Das Gesicht des Dieners ist plötzlich verändert. Er nimmt eine Trillerpfeife aus der Tasche, setzt sie an die Lippen, und ein Pfiff gellt durchs Haus. Federico III. ist verwirrt und geängstigt.

«Wache, hierher! Zu Hilfe, meine Getreuen!» ruft Seine Majestät. Aber nichts geschieht, außer daß der mit der Trillerpfeife verächtlich das Gesicht verzieht und der Kapuzenmann wieder auftaucht, diesmal ohne großes Zeremoniell.

«Probleme?»

«Ja, der da! Er will unbedingt raus.»

«Hier kommt keiner raus.»

«Man kann mich zwar bitten, nicht hinauszugehen, aber nicht daran hindern.»

«Eure Majestät gewinnt überhaupt nichts, wenn Sie die Haltung verlieren.»

«Ich will hinaus!»

«Es bleibt uns nichts anderes übrig, Majestät, als den Gang der Ereignisse zu beschleunigen. Wir hatten zum Wohl Spaniens beschlossen, daß Ihre Majestät sich nicht über irgendwelche Details den Kopf zerbrechen soll, aber der Moment der Wahrheit ist gekommen. In wenigen Stunden wird der Usurpator Juan Carlos I. in Barcelona eintreffen, und Sie werden ihm entgegentreten, ihn entlarven und vom Thron stoßen. Zu diesem Zweck wird es nötig sein, daß Eure Majestät eine Proklamation verlesen, die zur Zuspitzung der Lage und Mobilisierung unserer Anhänger führen wird.»

«Das höre ich gerne. Die Proklamation wird in wenigen Minuten fertig sein.»

«Sie liegt bereits vor.»

Der Kapuzenmann wirft ein Papier auf den langen Tisch des Eßzimmers. Es flattert ein wenig und landet vor dem eingeschüchterten Federico III., der am anderen Ende sitzt, flankiert von seinen beiden Dienern.

«Es ist ganz einfach, Majestät. Sie werden in wenigen Stunden an einer sehr wichtigen Zusammenkunft teilnehmen. In Gegenwart eines erlesenen Publikums werden Sie sich selbst zum König von Kastilien und León und von ganz Spanien ausrufen.»

Federico III. liest den Inhalt des Papiers und blickt empört auf. «Aber das ist eine Farce, völliger Unsinn... Zum Beispiel dieser Abschnitt hier: ‹... und der Forderung, daß die falschen Könige auf den usurpierten Thron verzichten, verleihe ich Nachdruck mit Gewalt und gebe bekannt, daß meine Streitkräfte zu Lande, zu Wasser und in der Luft meine Proklamation unterstützen. Wie Cisneros rufe ich aus: Das hier ist mein Machtbereich!›»

«Das wird zweifellos zum Lachen reizen. Aber es wird ein zweischneidiges Lachen sein. Ein unvergeßlicher historischer Scherz zur Schaffung eines Klimas der Unglaubwürdigkeit aller Institutionen, Sie sind nur ein kleines Rädchen im Getriebe. Über fünfzig junge Männer sind am Werk und werden dafür sorgen, daß die Operation Philipp II. ein Erfolg wird.»

«Philipp II. war pervers und ein Schwachkopf. Ich beteilige mich nicht an einer unsinnigen, grotesken Aktion, die den Namen eines so dubiosen Königs trägt.»

«Sie werden sich beteiligen!»

«Nein.»

Der Alte schlägt mit der Faust auf den Tisch. Auf ein Zeichen des

Kapuzenmannes hin schlägt ihm einer der Kammerdiener ins Gesicht. Federico III. ist ein Bild des Entsetzens und der Panik.

Bei Einbruch der Dunkelheit in einem Wald Pilze sammeln und gleichzeitig alle fünf Sinne auf etwas ausrichten, das man noch nicht tut, aber demnächst tun wird, ist ein Vorhaben ohne viel Aussicht auf Erfolg, aber Carvalho zwingt sich selbst zu diesem harmlosen, kindlichen Spiel. Er wird sicherlich nicht genug *níscalos* für ein Abendessen finden, denn es geht ihm nur darum, dem Tonbandgerät Zeit zu lassen, um die Losung herauszufinden, mit der man auf das Grundstück gelangt. Er ist noch nicht zufrieden mit der Dunkelheit. Sie stellt seine einzige Sicherheitsvorkehrung dar bei einem halsbrecherischen Plan, zu dem ihn vor allem andern der impulsive Wunsch treibt, sich in die Angelegenheiten der Leute einzumischen, die ihn verprügelt haben. Schließlich kommt er nach eingehender Beratung mit sich selbst zu dem Schluß, daß es nun dunkel genug sei. Der Mond scheint schwach und kämpft noch gegen den letzten Widerschein der Sonne.

Endlich ist es Nacht. Carvalho geht erleichtert zu dem Gitter, holt sein Gerät, geht zurück in den Wald und schaltet es ein. Eine Sinfonie sinnloser Geräusche, dann plötzlich der Klingelknopf der Sprechanlage.

«Wer ist da?»

«Philipp II.»

«Kommen Sie herein!»

Dann hört man, wie das Schloß elektrisch geöffnet wird. Carvalho lauscht weiter. Erneuter Lärm, wieder derselbe Ablauf. Klingeln, Frage, Antwort: «Philipp II.»

«Kommen Sie rein!»

Carvalho schaltet das Gerät ab und denkt nach. Er greift unter seinen Arm, zieht den Revolver aus dem Schulterhalfter, prüft nach, ob er geladen ist, und steckt ihn wieder ein. Dann geht er zum Haus, legt die Lippen ans Mikrofon und sagt: «Philipp II.»

«Kommen Sie rein.»

Die Tür geht auf, und Carvalho betritt den Garten. Vor ihm liegt der Hauptweg zur Villa, aber er geht seitlich hinter die Büsche, die den Garten säumen. Im Schutz der Vegetation bewegt er sich aufs Haus zu und sieht deutlich ein paar junge Männer beim militärischen Drill im schwachen Mondlicht. Das Haus ist ein lebendiger, bedrohlicher Körper, der immer größer wird, je mehr sich Carvalho ihm nähert. Während er eine starke Bedrohung empfindet, hat die Wache das Gefühl, daß irgend etwas nicht stimmt. Einer der Kammerdiener des alten Federico fragt einen uniformierten Jungen an der Tür: «Hat es nicht geklingelt?»

«Ja, ich habe gerade einen reingelassen. Er sagte die Parole.»

«Auf dem Weg ist aber keiner zu sehen.»

«Stimmt», sagt der andere, als er nachgesehen hat. «Sag den Jungs mit der Videokamera Bescheid!» In einem Raum sind zwei fast erwachsene Jugendliche dabei, sich zu unterhalten, während das Auge der Videoanlage durch den Park schweift.

«Los, zeigt mal, daß ihr hier auf Zack seid, sonst könnt ihr von dem ‹Alten› was erleben! Da ist einer hereingekommen, und wir wissen nicht, ob er zu uns gehört.»

Sie machen sich an die Arbeit, und plötzlich bringt die Kamera ein paar Oleanderbüsche ins Bild, die sich bewegen. Carvalho kommt zum Vorschein, ganz offensichtlich nicht ahnend, daß er beobachtet wird.

«Sieh mal an, der Vogel! Jetzt sitzt er ganz allein in der Scheiße.»

El Luquelele ist hereingekommen und beobachtet Carvalhos Bewegungen.

«Dem haben wir's noch nicht richtig gezeigt.»

Was war wirklicher, alles, was sich vor dem Schlag ins Gesicht ereignete, oder was danach kam? Der Verlust allen Respekts, Witzeleien, Drohungen, Schläge und schließlich diese nun ganz unverbrämte Gefangenschaft in einem Zimmer, das Dröhnen in den Ohren vom Gekreisch der nacheinander vorgeschobenen Riegel. Ich bin ein Gefangener, sagt sich Federico III., aber wessen Gefangener? Vielleicht habe ich meine Forderungen zu hoch geschraubt und sie dadurch erzürnt. Schon immer haben mir plötzliche Anfälle von

Hochmut geschadet, obwohl ich glaubte, es sei das natürliche Vorrecht eines Königs. Aber was hat es für einen Sinn, auf einer Konferenz mit gezückter Pistole aufzutreten, den Usurpator in Schrecken zu versetzen und meine Erklärung zu verlesen? Hat man je von so einem idiotischen Putsch gehört? Wo sind meine Streitkräfte? Wie kann man überhaupt ohne Militärgewalt einen Staatsstreich ausführen?

Trotz seiner Begabung für Tagträume versteht er jedoch, daß der Aufwand zu ungeheuerlich ist, um ein simpler Scherz zu sein. Wenn nun alles eine Intrige des Usurpators war, um sich seiner zu entledigen? In den letzten Jahren hat er immer häufiger die moralische Geißel geschwungen, ist unvermittelt an den belebtesten Orten aufgetaucht und hat flammende Reden gehalten, um zu erklären, wie die Situation wirklich sei, wie es wirklich um Gerechte und Sünder bestellt sei.

Du hast es zu weit getrieben, Federico, du bist zu weit gegangen.

Aber wie kann ich nur so tief sinken und zugeben, daß schon die Einforderung meiner Rechte zu weit ging? Wie kann einer zu weit gehen, der verlangt, was ihm zusteht?

Von der Exaltiertheit zur Niedergeschlagenheit, von numantinischer Arroganz zu physischer Angst, die seinen Mund in ein Orchester verrückt klappernder Zähne verwandelt. Federico III. sitzt auf einer alten Bank, am Boden zerstört, verlassen, im Keller der Villa. Er denkt nach über den schmalen Grat zwischen Glück und Unglück, als sich die Tür öffnet und ein menschlicher Körper von fremder Hand hereingestoßen wird. Carvalho stolpert und fällt vor Federico III. zu Boden. Als er den Kopf hebt, stößt er fast gegen das Gesicht von Federico, der sich über ihn gebeugt hat, um nachzusehen, wie er den Sturz überstanden hat.

«Federico III.?»

«Der bin ich. Kennst du mich, mein Sohn?»

«Na, wer kennt Sie nicht.»

Carvalho setzt sich am Boden auf und betastet alle Knochen seines Körpers.

«Sind Sie verletzt?»

«Sagen wir mal, man hat mir ordentlich den Staub aus den Klamotten geklopft.»

«Es sind Kannibalen. Aber ich habe ein Gedächtnis wie ein Elefant – ich vergesse kein einziges Gesicht, und wenn ich König bin, lasse ich sie alle in Ketten legen und außer Landes schaffen.»

«Ausgezeichnete Idee!»

Carvalho steht auf, macht zwei oder drei Schritte und sucht den Keller nach Fluchtmöglichkeiten ab.

«Wir müssen durch dieselbe Tür hinaus, durch die wir hereingekommen sind.»

«Die Tragik eines konstitutionellen Monarchen liegt darin, daß er über keine Streitmacht verfügt. So ist es auch in meinem Fall.»

«Was Sie nicht sagen!»

«Sie wollten mich dazu zwingen, einen grotesken Vortrag zu halten, einen lächerlichen Vortrag. Ich soll die Leute zum Lachen bringen, mich selbst lächerlich machen, die Monarchie, das ganze Land. Wenn ich ihn nicht halte, bringen Sie mich um. Das hat mir der ‹Herzog von der Kapuze› gesagt.»

«Ist ein Herzog mit im Spiel?»

«Ich nenne ihn den ‹Herzog von der Kapuze›, weil er immer eine Kapuze trägt. Er ist ein Heuchler, ein Jesuit! Ich werde ihn auf die Insel Gomera verbannen.»

«Je weiter weg, desto besser.»

«Sie drohten, sie würden mir an den Kragen gehen, damit ich diesen Vortrag vor dem Fernsehen halte. Ich werde mich weigern.»

«Wenn sie kommen, dann machen Sie's wie Gandhi, leisten Sie passiven Widerstand!»

«Das werde ich tun. Sie gebrauchen das Recht des Stärkeren, aber ich bin stärker, weil ich recht habe.»

Der Alte setzt sich auf den Boden und kreuzt Arme und Beine. «Sie werden mich tragen müssen.»

«Übertreiben Sie nicht! Diese Leute sind skrupellos und könnten Ihnen erheblichen Schaden zufügen. Setzen Sie sich zur Wehr, aber wenn man sie vorwärtsstößt, gehen Sie, provozieren Sie sie nicht! Ein paar von den Burschen sind äußerst gefährlich.»

«Was sind sie denn? Freimaurer? Verschwörer?»

«Nein, Faschisten.»

«Ich werde niemals ein faschistischer König sein!»

«Majestät, ich habe nichts anderes von Ihnen erwartet.»

Der Oberst hält den erstaunten Blicken von Contreras stand. Es ist ungewöhnlich, daß ein Militär in Uniform mit dieser Selbstverständlichkeit in die *Jefatura* vordringt, aber vor allem ist der Kommissar darüber beunruhigt, daß der Oberst viel weniger trottelig wirkt, keinem Paarhufer gleicht und sogar eine gewisse Autorität ausstrahlt.

«Ich bin von meinen Vorgesetzten bevollmächtigt, Ihnen folgende Mitteilungen zu machen: Binnen einer Stunde soll auf Seine Majestät den König während seines Besuchs ein Attentat verübt werden. Ich übergebe Ihnen hier die Liste der Personen, die inner- und außerhalb des Sicherheitsbereichs, in dem der Empfang stattfindet, zu neutralisieren sind. Am wichtigsten sind zwei Personen, die um vier Uhr vierzig mit einer Maschine der Air France ankommen.»

«Das heißt also in zwei Stunden!»

«Es war und ist unbedingt erforderlich, die Dinge bis an den Rand des Abgrunds kommen zu lassen, um die beteiligten Zivilisten zu enttarnen und einige Militärs von Rang ohne Unterhose dastehen zu lassen. Jetzt kommt es darauf an, diese Killer einzukreisen und auszuschalten. Die geplante Operation war elementar: ein alter Verrückter sollte den Besuch ausnutzen und in den Sicherheitsbereich eingeschleust werden, um dann eine Pistole auf den König zu richten. In diesem Moment sollte ein Schuß fallen und der König tot zu Boden sinken. Noch ein Schuß, und der vermeintliche Attentäter wäre ebenfalls tot. In seinem Jackett würde man ein Schreiben finden, in dem er sich selbst zum König ausruft. Dann Störaktionen der Ultrarechten, Antwort der Linken, unkontrollierte Situationen und naheliegendes Eingreifen des Militärs.»

«Theoretisch dürfen Sie mir das alles gar nicht sagen. Sie müßten den Zivilgouverneur informieren.»

«Wenn Sie genug geschwätzt haben, können Sie ja den Innenminister anrufen. Er wird soeben von der Sache in Kenntnis gesetzt.»

«Und was war Ihre Rolle dabei?»

«Sagen wir mal die eines Zünders der Explosion. Jetzt wird eine zivile Verschwörung aufgedeckt und eine militärische zerschlagen, die seit Jahren potentiell vorhanden war.»

«Ein ziemlich großes Risiko.»

«Wer das größte Risiko einging, war in das geheime Untersuchungsverfahren eingeweiht.»

«Wer ist der Verrückte, der benutzt werden soll?»

«Das weiß ich nicht.»

«Aber ich. Wenn ich zwei und zwei zusammenzähle, ist es kein anderer als Federico III. von Kastilien und León, ein Paranoiker, der verschwunden ist und im Auftrag von ein paar hoffnungslos verrückten Alten von einem Schnüffler gesucht wird.»

«Darauf kommt es nun nicht mehr an. Umgeben Sie den Staatsakt mit einem Sicherheitskordon, isolieren Sie vorsorglich die gefährlichsten Elemente, und nehmen Sie die Attentäter fest, wenn sie den Salon betreten! Aber alles so diskret wie möglich! Je mehr Füchse in die Falle gehen, um so besser.»

«Bedaure, aber ich werde meinen Minister anrufen.»

«Das ist Ihre Pflicht.»

Contreras glaubt, in der Stimme des Innenministers dasselbe Zittern zu hören, das er selbst zu unterdrücken sucht. Alles stimmte.

«Mir scheint, Sie haben da ziemlich nahe bei einem Benzintank mit Feuer gespielt.»

«Es blieb nichts anderes übrig. Die Wurzeln der zivilen Verschwörung sitzen sehr tief. Tatsächlich reißen wir jetzt die aus, von denen das Ganze seit Jahren lebt.»

«Warum haben Sie den Zivilgouverneur nicht unterrichtet?»

«Seine Fähigkeit zu Diskretion und Zurückhaltung ist nicht sehr hoch einzuschätzen. Außerdem ist er Zivilist.»

«Das bin ich auch.»

«Sie sind Polizist.»

«Was wird aus diesem alten Möchtegern-König, wenn alles schiefgeht?»

«Bei jeder militärischen Aktion wird ein gewisser Prozentsatz an möglichen Verlusten einkalkuliert. Merkwürdig, prozentuale Tote wirken weniger tot.»

Die Tür geht auf, und der Kapuzenmann betritt mit vier Getreuen den Kellerraum.

«Majestät, die Stunde ist gekommen.»

«Sie haben kein Recht, mir Befehle zu erteilen.»

«Es wird ein großer Augenblick für Sie und für ganz Spanien sein.»

«Ich ersuche Sie, von Ihren Fehlern Abstand zu nehmen und mir meine Souveränität zurückzugeben.»

Der Kapuzenmann gibt ein Zeichen, vier Getreue stürzen sich auf den Alten und rangeln mit ihm. Der Alte leistet Widerstand, sein gebrechlicher kleiner Körper scheint mit den Wurzeln der Schwerkraft verbunden zu sein. Carvalho springt auf und rennt zwei der angestrengt Zerrenden über den Haufen, so daß sie auf den Kapuzenmann fallen. Er stürzt zur Tür und stößt dort mit *El Luquelele* zusammen, versetzt ihm einen Schlag auf den Adamsapfel und noch einen in die Leber, daß er zusammenbricht, weicht dann der Attacke eines Begleiters aus und rennt durch die offene Tür hinaus. Ein paar Kleinbusse voller junger Leute stehen vor der Eingangstür mit laufenden Motoren wie aufgezäumte Schlachtrösser. Carvalho schreit: «Alle ins Haus! Der Alte haut ab!»

Schlagartig leeren sich die Busse, und die Jungen stürzen ins Haus, wo sie mit denen zusammenstoßen, die hinter Carvalho her sind. Der Kapuzenmann schafft wieder Ordnung.

«Wir dürfen jetzt nicht den Kopf verlieren! *Luquelele,* du schnappst dir drei andere, und dann knöpft ihr ihn euch vor! Die andern verbleiben wie abgemacht.»

Sie zerren den durch die Mißhandlungen halb bewußtlosen Alten aus dem Haus und stoßen ihn in ein Auto mit offizieller Flagge, in das auch der Kapuzenmann einsteigt. Kaum ist er eingestiegen, nimmt er die Kapuze ab. Eiskalte Augen, verächtlich herabgezogene Mundwinkel. Das Auto fährt los, die Busse hinterher.

Carvalho hat inzwischen die Beine unter den Arm genommen und es mit letzter Kraft geschafft, den Wald zu erreichen. Die sich nähernden Rufe der Meute treiben ihn vorwärts. *El Luquelele* schreit: «Er ist in den Wald gerannt!» Carvalho rennt in selbstmörderischem Tempo los und schafft es kaum, den Bäumen und Büschen auszuweichen. Der Wald scheint sich gegen ihn verschworen zu haben. Hinter sich hört er die mächtigen Beine der Bluthunde. *El Luquelele* führt sie an mit dem Blutdurst des Rächers. Carvalho denkt, es sei an der Zeit, nicht mehr davonzulaufen, sondern an die Rettung Federicos III. zu denken und Hilfe zu holen. Der jedoch hat wenig Rettung zu erwarten. Zwei Pranken reißen ihm den Mund auf, und der ‹Alte› stößt ihm den Lauf der Pistole bis zum Abzug hinein.

«Du wirst deinen Vortrag halten, du Idiot, sonst mache ich dich kalt wie ein Karnickel!»

Federico III. sagt mit den Augen ja. Das Auto fährt weiter durch die Nacht.

«Wo ist die Motorradeskorte geblieben?»

«Sie warten an einem sicheren Ort. Wir dürfen nicht zu früh gesehen werden. Ihre Uniform ist perfekt, aber irgendein dummer Zufall, und alles geht den Bach runter.»

Plötzlich tauchen zwei Motorradfahrer auf und eskortieren das Auto mit dem geknebelten Federico III. Der ‹Alte› grinst zufrieden. Alles läuft wie am Schnürchen. Bleibt nur zu hoffen, daß *El Luquelele* es diesem Eindringling ordentlich besorgt und in dieser Nacht in Form ist.

Diesem hängen die Leber, die Wut und seine Jugend zum Hals heraus, aber auch Carvalho bekommt kaum noch Luft. Seine ganzen Eingeweide rebellieren, und eine rasende Wut gegen seine Verfolger hat ihn gepackt. Blind tastet er im Waldesdunkel umher und bekommt einen dicken Ast zu fassen. Seine Beine sind wie aus Kork. Er dreht sich um und sieht, wie *El Luquelele* auf ihn zukommt, ebenfalls mit verzerrtem Gesicht, aber mit der Kraft eines jungen Draufgängers. Carvalho stemmt sich breitbeinig gegen den Boden und wirbelt mit beiden Armen den Ast gegen den Jungen, der ihm mit voller Wucht auf den Brustkorb und, kaum liegt er am

Boden, auf seinen Schädel kracht. Carvalho nimmt ihm den Revolver ab. Er ist völlig erschöpft, bekommt keine Luft mehr, fiebert. Er nimmt den Revolver in die Faust und feuert in die Dunkelheit gegen die nahenden Schritte seiner Verfolger. Als die Schüsse verhallt sind, wirft er sich zu Boden und lauscht. Es wird still im Wald. Sein Atem beruhigt sich. Er steht auf und geht vorsichtig auf die vorbeihuschenden Lichter der Autos der nahen Straße zu und erreicht nach fünfhundert Metern eine Tankstelle. Vorher hat er einen Blick auf *El Luquelele* geworfen. Er ist tot, und Carvalho bedauert es nicht.

In einem Salon eines offiziellen Palastes sind die Anzeichen dafür, daß das große Ereignis unmittelbar bevorsteht, unübersehbar. Fernsehkameras, Journalisten, Fotografen, Persönlichkeiten aus Politik, Wirtschaft und Kultur, in dieser Reihenfolge. Einer seiner Assistenten meldet Kommissar Contreras: «Er ist soeben auf dem Flugplatz gelandet.»

Contreras geht weg, flüstert einem anderen Assistenten etwas zu und deutet mit einer Kopfbewegung auf die Polizisten in Zivil, die auf die strategischen Punkte des Salons verteilt sind. «Die Killer sind schon in der ‹Grünen Minna› zur *Jefatura* unterwegs. Wir werden Nachtschicht machen müssen.»

Wiederholt wird ihm gemeldet, der Zivilgouverneur verlange eine Lagebericht.

«Sag ihm, du hättest mich nicht gefunden! Verliert mit dem keine Zeit und überwacht die, die ihr überwachen sollt!»

In der Ferne hört man schon die Klänge der Nationalhymne.

«Hör mal, Contreras! Da sind fünf Typen im Salon, die nicht hierher passen. Sie hatten einen Passierschein, zwei davon sogar einen Presseausweis. Aber sieh sie dir mal an! Der da sieht aus wie einer aus unserem Archiv!»

«Tatsächlich. Paßt genau auf, was sie tun, und laßt sie nicht aus den Augen!»

Applaus schafft Raum für den bevorstehenden Auftritt des Königs. Contreras wartet darauf, daß ihm sein tragbares Telefon die

Ankunft des armen Federico III. und der Mörder ankündigt, die ihn als Instrument benutzen, aber er scheint sich verspätet zu haben. Juan Carlos I. wird vorher dasein. Jeder hat im Saal seine Position eingenommen. Der König schreitet herein in dem Bewußtsein, sicheres Gelände zu betreten. An seiner Seite mit wachsamem Blick Oberst Javierre, der mit dem König die Akademie von Zaragoza absolviert hat. Blitzlichter und erwartungsvolles Gemurmel. Alle Blicke sind auf den Star gerichtet. Die Scheinwerfer des Fernsehens richten ihr Licht ebenfalls auf ihn, und der Kameramann hantiert mit einer hocherhobenen, tragbaren Kamera. Die fünf Getreuen des ‹Alten› beginnen, den König unauffällig einzukreisen, und einer von ihnen betätigt ein Funkgerät, um das verabredete Signal zu geben. Aber plötzlich erstarren seine Bewegungen. Hinter den Nieren jedes einzelnen von ihnen ist der Lauf einer Pistole aufgetaucht, und eine Stimme flüstert jedem von ihnen ins Ohr: «Ruhe bewahren! Gehen Sie unauffällig zur Hintertür!»

Die fünf Getreuen ziehen sich zurück, von je einem Polizisten gefolgt, während der Saal dem soeben Angekommenen zu Füßen liegt und der nun folgende Staatsakt nur von ihm bestimmt wird.

«Das Signal aus dem Saal kommt nicht.»

«Ruf die Transporter!»

«Hier Philipp II. Flämische Truppen bitte kommen!»

«Flämische Truppen an Philipp II. Wir sind umzingelt, ganz plötzlich, als hätten sie auf uns gewartet. Sollen wir uns den Weg freischießen?»

«Was?»

Der Junge schluckt seine Panik hinunter und wartet, daß der ‹Alte› die Zauberformel nennt.

«Tut, was euch Spaß macht, ihr Schlaumeier! Wer sich mit kleinen Kindern abgibt, dem wird die Hose vollgepinkelt. Wenden!»

Der Junge gibt Gas und wendet. Das Auto entfernt sich immer weiter von der Stadt.

Carvalho telefoniert von der Tankstelle aus. Contreras gibt ihm lustlos ein paar Auskünfte.

«Haben Sie die in den Transportern erwischt? Und den König? Ich meine Don Federico? Was, er war nicht dabei? Und der ‹Alte› auch nicht? Er muß ihn mitgenommen haben. Er fährt in einem schwarzen Wagen mit offizieller Flagge.»

Carvalho legt auf und ruft noch einmal an.

«Biscuter, komm und hol mich ab! Ich bin in einer Tankstelle in der Nähe, wo die Autobahn nach La Ametlla anfängt. Hinter Mollet, rechter Hand. Beeil dich! Ich muß unbedingt ins Bett.»

Carvalho tritt hinaus in die Nacht und die nicht gerade hektische Betriebsamkeit der verschlafenen Tankstelle. Er sucht alle nächtlichen Himmelsrichtungen ab nach einer eventuellen Spur eines Königs ohne Fortune.

«Federico III. von Kastilien und León», murmeln seine Lippen.

Im schwachen Licht der Armaturen ist das verzerrte Gesicht des jungen Fahrers zu sehen.

«Was machen wir mit dem da?»

Der ‹Alte› hört die Frage und wird sich bewußt, daß sie Federico III. immer noch bei sich haben. Er schläft zusammengekauert in einer Ecke des Autos. Der ‹Alte› zieht die Pistole und zielt auf seinen Kopf.

«Fahr langsamer!»

Das Auto zügelt seinen Impuls zu fliehen. Ein Schuß kracht. Der Junge am Steuer schließt die Augen. Der ‹Alte› öffnet die Seitentür und tritt mit den Füßen so lange gegen den Körper Federicos III., bis er wie eine kaputte Puppe auf den unter ihm wegrasenden Asphalt fällt.

«Ich konnte Könige noch nie leiden, auch keine auf Bestellung», sagt der ‹Alte›. Er schließt die Wagentür wieder und befiehlt mit einer Stimme, die keinen Widerspruch duldet: «Und jetzt gib Gas, aber in Gegenrichtung! Wir fahren nach Madrid.»

Der Bürgerkrieg ist noch nicht vorbei

Es ist nicht die Kälte, die ihn erstarren läßt, sondern eine alte Geschichte, die er sich selbst erzählt. Man könnte ihn für eine schwarze Säule halten, scharf abgehoben vom Horizont, gleichgültig gegen ihre Umgebung – eine in sich selbst ruhende Säule voll verborgener innerer Stürme. Die Augen des Alten sind starr auf seine eigenen Erinnerungen gerichtet, und er schließt sie, um besser einer Welle von Angst standzuhalten, die von seinem Magen her bis zu den Lippen aufsteigt. Angst wovor? Vor dem Sterben? Ja doch, verdammt, warum nicht? Warum darf ich vor dem Sterben keine Angst haben?

«Schon in der Kindheit beginnt die Gehirnwäsche, die einem die Angst vor dem Tod austreiben soll. Es sei eine Tatsache des Lebens, behaupten sie. Der Tod, eine Tatsache des Lebens. Verdammter Schwindel! Betrüger! Elende Gauner!»

Wer waren denn diese Betrüger und Gauner? Ein gewisser Personenkreis, zu dem Lehrer, Pfarrer und Schriftsteller gehörten, auch seine eigenen Eltern – aber die Erinnerung an sie genügt schon, seinen Blick weicher werden zu lassen, und einmal schlucken bewahrt ihn auf wunderbare Weise vor der Versuchung zu weinen.

«Ich muß hier raus!»

Er sagt es sogar dreimal, und die anderen, die aus einiger Entfernung Zeugen seines Selbstgesprächs werden, beachten ihn nicht einmal. Sie sind es gewohnt, daß er oft abseits steht und laut denkt.

«Bevor sie mich mit den Füßen voran hinaustragen. Jetzt, wo ich mich noch bewegen kann. Jetzt, solange noch Zeit ist! Aber vielleicht sollte ich vorher das tun, was mir noch zu tun bleibt. Es soll geschehen, was geschehen muß.»

Einen Willen gibt es nicht. Das hat er schon seit langem geahnt und befürchtet. Sein ganzes Leben lang hat er ihn ständig ersetzt durch den Druck der Logik und des Schicksals in trauter Einheit. Das Schicksal als Druck von außen, von den anderen und der Gesellschaft, und die Logik als pathetische eigene Anstrengung, um vom Schicksal nicht überrollt zu werden.

«Die Würfel sind gefallen.»

Er schaudert, vielleicht weil es kalt ist, und das Gefühl der Kälte wird verstärkt durch das verästelte Skelett der winterlichen Bäume und die Atemschwaden aus dem Mund der alten Leutchen, die mit Schals oder Halstüchern auf dem Kies des Gartenwegs umherschlurfen oder auf den Bänken sitzen.

Zwischen Hustenanfällen und morgendlichen Gesprächen kommt man allgemein zu der Erkenntnis, daß jetzt aus irgendeinem Grund Ruhe geboten sei. Ein aufrechter Alter geht ohne Schal, aber mit Krawatte, in der einen Hand den Regenschirm, die andere auf den Rücken gelegt, durch die schweigende Gasse, gefolgt von Bemerkungen und ironischen Blicken. Eine Glocke ertönt, ein paar Nonnen erscheinen im Hof und drängen darauf, daß die Alten zum Speisesaal gehen. Eine junge Nonne rennt zu dem wie erstarrt dastehenden Alten.

«Don Gonzalo, auch Sie müssen zum Speisesaal gehen!»

Der Alte dreht sich um und betrachtet sie unwillig.

«Wie ich sehe, ist es unmöglich, nicht zum Herdentier zu werden. Hier lebt alles nach der Trillerpfeife!»

«Nach der Glocke, Don Gonzalo! Kommen Sie, seien Sie brav und kommen Sie mit zum Speisesaal! Sonst jammern Sie, daß die andern einen Bogen um Sie machen. Sie sind sehr böse und sehr eingebildet.»

«Ich beklage mich nicht darüber, daß mir die andern aus dem Weg gehen, sondern daß ich von nichts als alten Böcken und Drachen umgeben bin! Es ist etwas, das stärker ist als ich. Wenn ich nur daran denke, daß ich mich mit diesem Haufen von Durchschnittsmenschen an einen Tisch setzen muß, werde ich wütend.»

«Jesus Christus, wie arrogant Sie sind! Gott wird Sie bestrafen. Gott straft die Sünde des Stolzes.»

«Kommen Sie mir nicht mit solchen Schauermärchen, Schwester! Gott hat schon genug Probleme mit dem Papst, den er da zuwege gebracht hat, er kann sich nicht auch noch darum kümmern, was ich tue.»

«Da sehen Sie? Das will ich nicht gehört haben. Jetzt fangen Sie auch noch mit Gotteslästerungen an. Sie Teufel! Sie sind wirklich ein Teufel.»

Der alte Herr zuckt mit den Achseln und läßt sich herab, zum Speisesaal zu gehen. Bei seinem Eintreten wiederholen sich die abschätzigen Blicke und Bemerkungen. Don Gonzalo setzt sich auf eine Bank und achtet peinlich darauf, daß seine Arme nicht mit seinem Tischnachbarn in Berührung kommen. Eine Nonne spricht das Tischgebet, und unterdessen mustert Don Gonzalo jeden einzelnen der Anwesenden; eine unendliche Traurigkeit trübt seine Augen, und schließlich glänzen zwei Tränen darin. Sie fallen aber nicht in die dampfende Suppe, er verschluckt sie oder absorbiert sie wieder, denn die Nonne kommt zu ihm, die sich immer noch über die unrechten Gedanken aufregt, die der Alte ihr eingegeben hat.

«Don Gonzalo, was Sie da über den Heiligen Vater gesagt haben, hat mir überhaupt nicht gefallen. Was haben Sie denn gegen den heiligen Mann?»

«Er ist überhaupt kein richtiger Papst, Schwester.»

«Was soll er denn sonst sein?»

«Das ist ein Athlet! Man muß nur zusehen, wie er sich auf den Flughäfen zu Boden wirft und den Asphalt küßt.»

«Damit will er allen Ländern und Völkern seine Liebe zeigen.»

«Die Flughäfen sind alle gleich.»

Die Nonne geht rechtzeitig, um nicht sein Schimpfen hören zu müssen.

«Dummköpfe!»

Schwester Lucía schlief schlecht, und zwar wegen eines Traumfragmentes, das ihr am nächsten Tag nach und nach wieder einfiel. Sie hatte den Heiligen Vater in Superman-Kleidung über das Heim wegfliegen sehen. Kaum war der Vogel auf der Erde gelandet und niedergekniet, um die Erde des Innenhofes zu küssen, sah Schwester Lucía, wie Don Gonzalo mit einem Knüppel auf ihn zustürzte, und drei Nonnen waren nötig, um den Überfall zu verhindern. Der Heilige Vater segnete seinen verhinderten Attentäter aus weiser Entfernung, aber sowohl aus dem Mund des Alten als auch aus dem des Papstes waren Beleidigungen zu hören, die von Mal zu Mal schlimmer wurden. Die Schwester kam zu dem Schluß, daß sie den Tag nicht in einer derartigen seelischen Verfassung beginnen könne, und ging zur Oberin, um ihr von ihren Anfechtungen zu erzählen, nicht in der Absicht, den Alten anzuschwärzen, sondern um sich von der Last der gotteslästerlichen Ansichten von Don Gonzalo zu befreien.

«Man muß mit Feingefühl vorgehen, Schwester Lucía, aber gleichzeitig mit Nachdruck. Wir können niemanden dafür bestrafen, daß die Erleuchtung nicht bis zu seinem Herzen oder seiner Seele gedrungen ist, aber wir können doch Respekt vor unserem Glauben verlangen.»

«Sie sind alle so alt, Mutter.»

«Auch die Alten lästern Gott, und auch sie haben keinen Freibrief, nur weil sie alt sind. Wer sich in alles andere fügt, soll sich auch in den Respekt vor dem Glauben fügen. Wenn er das nächste Mal wieder so etwas Unverschämtes, um nicht zu sagen Gotteslästerliches über den Heiligen Vater sagt, dann kommen Sie zu mir und sagen es mir! Ich werde dem feinen Herrn schon ordentlich die Meinung sagen.»

Nach diesem Gespräch hatte Schwester Lucía ein schlechtes Gewissen. Sie zweifelte nicht an der Rechtschaffenheit der Oberin, sie fürchtete sie eher, und zwar mehr in bezug auf Don Gonzalo als auf sich selbst. Der Alte erschien ihr wie ein hochmütiges, aber zartes Vögelchen, zu dessen Hauptfeind, dem Alter, sich nun noch die weißwehende Übermacht der Mutter Oberin gesellte. Aber im Hause galt die Regel, sich immer mit ihr auszusprechen und kein

Blatt vor den Mund zu nehmen, und in diesem Sinne hatte sie richtig gehandelt. Ihre Beziehung zu Don Gonzalo war etwas anderes, aber sie unterdrückte ihre Gewissensbisse und dachte, letzten Endes geht es um sein Seelenheil, und man müsse Sünder fast immer gegen ihren Willen erretten, vor allem diejenigen, die sich vollkommen von der Idee eines höheren Wesens losgesagt hatten, die in ihrer Verblendung nicht einmal eingestehen oder wissen, daß sie Sünder sind. Vater Clemente hatte es noch deutlicher gesagt: der ist der schlimmste Sünder, der gar nicht weiß, daß er einer ist, denn ein Sünder, der sich seiner Sündhaftigkeit bewußt ist, lebt in der Angst der Sünde und ist imstande, den Weg nach Damaskus zu finden. Wie sah Damaskus wohl aus? Bestimmt glich es einer Stadt aus einem Film, den sie vor vielen Jahren mit großem Vergnügen gesehen hat: «Aladin und die Wunderlampe».

Die Refektoriumsglocke läutet, und auf dieses Zeichen hin erwacht die Aktivität in der Lagerhalle der alten Leute. Schwester Lucía dankt dem Himmel für die Gelegenheit, ihnen einen weiteren Tag dienen zu dürfen, und geht mit den beflügelten Schritten eines vom Glück berauschten Engels zum Schlafraum. In der weitgeöffneten Tür läutet sie die kleine Glocke.

«Auf, auf, meine Herren, aufstehen, anziehen und heraus zu einem kleinen Spaziergang!»

Die verärgerten Greise murmeln mürrische, noch halb schlaftrunkene Antworten, die in krassem Gegensatz zu dem singenden Tonfall der Nonne stehen.

«Die kann mich mal!»

«Soll sie sich doch selbst waschen und spazierengehen!»

«Gerade jetzt, wo ich so einen schönen Traum hatte!»

Trotzdem stehen die Alten auf und schlurfen zum Waschraum. Nur einer nicht, und man ahnt schon, daß es sich um den widerspenstigen Greis handelt, denn auf dem Gesicht der Nonne zeichnet sich gleichzeitig Unzufriedenheit und Resignation ab.

«Don Gonzalo! Das ist doch nicht die Möglichkeit! Los, auf, alle andern sind schon im Waschraum!»

Aber Don Gonzalo beachtet sie nicht. Er liegt ganz am Ende des Schlafsaals in seinem Bett, und sein offensichtlicher Widerstand gegen die Wirklichkeit eines neuen Tages ist so groß, daß er den Kopf unter das Kissen gesteckt hat.

«Don Gonzalo! Ich möchte es nicht noch mal sagen müssen! Sonst muß ich es der Mutter Oberin melden, und sie wird es Ihren Neffen schreiben!»

Schließlich gibt sich die Nonne einen Ruck und geht zum Bett. Vorsichtig rüttelt sie den Alten.

«Don Gonzalo!»

Sie rüttelt ihn noch einmal, etwas nachdrücklicher, aber sie spürt eine ganz besondere Widerstandslosigkeit, die Widerstandslosigkeit eines leblosen Körpers. Erschrocken zieht sie ihre Hand zurück.

«O Gott, Don Gonzalo!»

Sie hebt das Kissen hoch. Es stimmt. Das violette Gesicht des Toten schaut mit halboffenem Mund die Nonne an. Zu spät versucht ihre Hand, ihren Schrei zu ersticken, kurz bevor sie im Laufschritt den Ort des Todes verläßt.

Wer im Heim der «Schwestern der Armen» (so der volkstümliche und symbolhafte Name für die Stiftung «Geborgenheit im Seniorenalter») gestorben ist, wird in einem hohen, engen, gelb gekachelten Raum aufgebahrt, in den nur durch ein kleines schießschartenartiges Fenster Licht fällt. Alle Leichen gleichen einander. Stets dieselben eingefallenen Wangen. Dieses Bestreben, Bildhauermasken zu gleichen, deren Züge durch die verschiedenen leeren Höhlungen scharfkantig hervortreten. Der Arzt hat seine Untersuchung beendet und wäscht sich die Hände in einem Waschbecken, das aus den Kacheln hervorsteht, wie ein absurdes Objekt. Vielleicht wurde es genau deshalb dort angebracht, damit sich die Ärzte nach dem Umgang mit Leichen die Hände waschen können. Abwechselnd betend und weinend, steht Schwester Lucía an der Tür zum Flur, aus dessen Tiefe sich nun raschelnde Röcke nähern. Es ist die Oberin, gefolgt vom Vorstand der Stiftung, den mächtigen Schwestern Teófila und Jesusa, und dem unvermeidlichen Schatten von Schwester Amparo, dem finanziellen Gehirn der «Geborgenheit im Seniorenalter».

«Ob er in Sünde gestorben ist, Mutter?» platzt Schwester Lucía heraus, als die Oberin auf ihrer Höhe ist.

Aus ihren Gedanken gerissen, antwortet sie ihr mit hochgezogenen Augenbrauen und verwirrtem, vorwurfsvollem Blick: «Von welcher Sünde sprechen Sie?»

«Von dem, was er über den Heiligen Vater gesagt hat.»

«Beten Sie für ihn, und Gottes Wille wird geschehen.»

Der Arzt grüßt die Nonnen kurz, drückt sich an ihnen vorbei und geht hinaus in den Garten, wo ein Priester mit Steinchen Fußball spielt, während er auf ihn wartet.

«Der Fall ist ziemlich seltsam. Ohne Autopsie habe ich keine stichhaltigen Beweise, aber dieser Mann ist unter dem Kopfkissen erstickt. Es ist fast undenkbar, daß ein Mann mit seiner Kraft es nicht hätte beiseite schieben können und daß kein Bettnachbar etwas gehört hat, als er vergeblich gegen das Kissen kämpfte, das ihn erstickte.»

«Sie hätten geglaubt, er tue es im Schlaf, und außerdem konnte ihn, wie Sie ja bereits wissen, wegen seines aufbrausenden Wesens keiner leiden.»

«Benachrichtigen Sie seine Angehörigen! Hat er Kinder?»

«Nein, aber irgendwelche Neffen, die ihn auch hierhergebracht haben.»

«Informieren Sie sie! Die Autopsie kann die Dinge komplizieren.»

«In erster Linie für die Stiftung. Weiß die Oberin schon von Ihrem Verdacht?»

«Selbstverständlich. Sie hat als erste davon erfahren.»

«Was sagte sie dazu?»

«Tja, sehen Sie, sie sagte etwas, das mich überrascht hat. Sie fragte nämlich, ob die Autopsie unbedingt nötig sei.»

«Vielleicht hat sie etwas gegen das Aufschlitzen von Leichen.»

«Ich glaube nicht, daß das ihr Beweggrund ist. Sie macht sich vielmehr Sorgen, was danach geschieht. Ich kenne sie ziemlich gut, und normalerweise folgt sie der Devise, sich das Leben nicht komplizierter zu machen, als unbedingt nötig ist. Aber ich unterschreibe nicht, daß dieser Tod ein natürlicher war, verstehen Sie!

Niemand in der körperlichen Verfassung dieses Alten würde unter dem normalen Druck eines Kopfkissens ersticken. Den Gerichtsarzt kennen Sie ja. Er sieht den Wald vor lauter Bäumen nicht, und man braucht ihn nur sanft unter Druck zu setzen, schon unterschreibt er, der Alte sei an Masern gestorben.»

«Was wahr ist, muß wahr bleiben.»

«Es gibt notwendige und überflüssige Wahrheiten. Ich bin Fachmann, ein verantwortungsbewußter Fachmann, und ich unterschreibe den Totenschein nicht ohne Autopsie. Andererseits wird in meinem Bericht kein Wort über meinen Verdacht stehen, und ich werde mich darauf beschränken, die Sache an den Gerichtsarzt weiterzugeben. Jeder ist für sein Gebiet verantwortlich.»

«Und wofür bin ich verantwortlich?»

Der Pfarrer hielt es für das beste, den Dingen ihren Lauf zu lassen. Er konnte sie sowieso nicht mehr ändern und beobachtete ein paar Tage lang zwischen seelsorgerischen Gesprächen, Messen, Andachten und Gebeten die Abfolge und den Wechsel von Worten und Personen. Die Guardia Civil. Eine Zivilstreife aus Ciudad Real. Der Gerichtssekretär. Aber nicht die Neffen. Don Gonzalos Angehörige tauchten nicht auf, und das ganze Leben im Heim ging weiter im Niemandsland der Unklarheit und Verdrängung. Die Alten wurden noch stiller, die Nonnen noch hysterischer, und Don Gonzalos Bett blieb leer, bis ein neuer Heimbewohner eintraf, ein halbseitig gelähmter Sanguiniker, der früher Maultiertreiber gewesen war. Er ließ sich auf das Bett fallen und zeigte wenig Lust, sich während dieser kurzen Zeit, die er noch vor sich hatte, wieder daraus zu erheben. Schwester Lucía packte Don Gonzalos Habseligkeiten zusammen und übergab sie nach Rücksprache mit der Oberin dem Herrn Pfarrer zur Durchsicht – sie konnten ja menschliche Geheimnisse enthalten, die ein Mann besser verstehen würde als dieser Chor definitionsgemäß engelhafter Frauen.

Der Priester hat die Soutane abgelegt, legt sich in Hemdsärmeln auf das Sofa in seiner Küche und schaut lange auf den Karton auf dem Tisch. Dann greift er mit einem Seufzer danach, nimmt ihn auf die

Knie und brummt laut: «Alles, was von Gonzalo Céspedes übriggeblieben ist.»

Rasierzeug, ein altes Foto mit einer jungen Frau, die einen Knaben an der Hand hält, eine Garnitur Unterwäsche, ein alter, dicker Pullover, eine kaputte Brille und ein dickes Notizbuch mit rotem Einband, das der Pfarrer liebevoll streichelt, bevor er sich dazu entschließt, es aufzuschlagen. Auf der ersten Seite steht: «Erinnerungen an Krieg und Frieden von Gonzalo Céspedes Iturrioz, Kommandant der Volksmiliz der Zweiten Spanischen Republik.»

Der Priester fühlt sich angezogen von dem, was er in der Hand hält, und beginnt zu lesen.

«Wenn man meinem guten Freund Manuel Azaña Glauben schenken konnte, hatte Spanien aufgehört, katholisch zu sein...»

Er liest zunächst lustlos weiter, aber allmählich wächst sein Interesse, er liest Seite um Seite, Stunde um Stunde. Die Geschichte, die mehr vom Krieg als vom Frieden handelt, beginnt wider Erwarten in einem Priesterseminar in Valladolid, wo eine dunkle, religiöse Berufung scheitert, aufgeschreckt vom hellen Licht der Wünsche eines Mannes, der kein Jüngling mehr ist und die Sexualität und die Politik fast gleichzeitig entdeckt. Der Ausrufung der Republik folgt der Tausch der Soutane gegen die Pistole in anarchistischen Aktionsgruppen, die Verständnislosigkeit einer Familie reicher Großgrundbesitzer, die Nutten von Valladolid mit nicht mehr taufrischer Dauerwelle, die Liebe zu einer jungen anarchischen Erzieherin und die Entdeckung der revolutionären Brüderlichkeit, die sogar das eigene Ich auslöschen kann:

«...so groß war unsere Freundschaft, so geheiligt durch die Bande der Gefahr und des Blutes, daß wir beschlossen, uns Brüder zu nennen, wenigstens die fünf engsten Kameraden, und da einer, ohne Zweifel der intelligenteste und reifste, sich Mozart nannte, weil er gerne Musiker geworden wäre und jenes göttliche Ungeheuer anbetete, nannten wir uns alle Mozart: Mozart I., Mozart II., Mozart III., Mozart IV. und Mozart V. Ich war Mozart III., weil der erste Platz dem Erfinder des Namens zustand und wir die restlichen Plätze auf uns verteilt hatten, nach der Reihenfolge unseres Beitritts zur Gruppe. Meine Gefährtin sah unseren Spielen verständnisvoll zu, denn es waren Jahre der Großzügigkeit und des Verständnisses, wie man sie nie wieder erleben würde in diesem Spanien der Opportunisten. Wir besaßen nicht einmal ein Stück Brot. Wenn jemand sagte: ‹Das ist mein›, brach über ihn das donnernde Strafgericht aller anderen herein. Naivität der Jugend oder geschichtlicher Instinkt? Viele Jahre danach könnte ich diese Frage immer noch nicht erschöpfend beantworten. Zweifellos sieht man mit siebzig Jahren die Dinge ganz anders als mit zwanzig, aber ist man sich deshalb sicherer? Oder besser gesagt, wann ist man der Wahrheit näher? Wenn alle dieses Credo aus der Jugendzeit mit uns teilen würden, dann wäre die Gerechtigkeit eine Sache dieser Welt, und nach ihr hat sich die Menschheit insgeheim gesehnt, bis die Korruption des Neokapitalismus Einzug gehalten hat, der für das Versprechen des Goldenen Kalbes die Gewissen kauft...»

Seite auf Seite fliegt vorüber und läßt die Pupillen des Herrn Pfarrer müde werden, ihn bei brennendem Licht aufs Sofa fallen. Das Notizbuch gleitet langsam zu Boden, bis es neben dem Karton mit dem so geringen Besitz liegt. Als der Tag anbricht, erwacht der Priester, kommt zu sich, sieht den Karton, das Notizbuch, stürzt sich darauf und sucht nach einer bestimmten Seite, einem bestimmten Abschnitt.

«...Zu welchem Zeitpunkt ist mir klargeworden, daß mich meine Brüder früher oder später umbringen würden?»

Dann nur noch herausgerissene Seiten und ein Ausdruck von Zweifel und Ergreifen auf dem Gesicht des Priesters.

«Ich habe einen Freund, der ist Pfarrer, Biscuter.»

«Sie besitzen wirklich alles, Chef.»

«Als wir uns kennenlernten, war er noch kein Pfarrer. Eigenartig, manchmal mache ich eine Bestandsaufnahme der Menschen, die ich gekannt habe oder noch kenne, und sie zerfallen in zwei große Gruppen: Rote und Gauner. Die einen habe ich in meinen jungen Jahren kennengelernt, die andern, seit ich berufstätig bin.»

«Und dieser Pfarrer, zu welcher Gruppe gehört der?»

«Zur ersten. Seine Berufung kam erst spät. Er gehörte zu diesen marxistischen Christen, von denen wir immer sagten: entweder werden sie immer bessere Christen und immer schlechtere Marxisten oder umgekehrt. Er entwickelte sich nach dem ersten Muster. Seine Lebensgefährtin starb an Krebs, und er wurde Priester.»

«Aus Trauer macht man solche Sachen, Chef. Ein Onkel von mir, er war Installateur, wurde sogar Mönch, nur weil seine Frau an einer schlimmen Krankheit starb. Meine Mutter nahm mich einmal mit, als sie ihn im Kloster besuchte. Er war im Garten beim Umgraben, und als er hörte, wie meine Mutter seinen Namen rief, hob er den Kopf, so, wie ich jetzt, und lächelte uns an. So ein Gesicht, Chef! So ein Gesicht habe ich seither nie mehr gesehen, so friedlich und heiter. Ich glaube nicht an Priester und nicht an Heilige, aber an etwas glaube ich. An was, weiß ich nicht genau, aber an irgend etwas. Und Sie?»

«Mich laß gefälligst aus dem Spiel. Sieh lieber zu, daß du die Sache für dich selbst klarkriegst. Ich bin gespannt, ob du herausfindest, an was du glaubst!»

Mit Erläuterungen über die letzte Ursache des Universums und der Ankündigung von Reis mit Artischocken begab sich Biscuter in die Kochnische. «Ein *sofrito*, eine Menge Artischocken, Safran und Tomatenpaprika, sonst nichts. Es kostet nicht die Welt, sagen wir mal. Ich weiß ja nicht, wofür Sie soviel sparen, Chef. Eines schönen Tages erwischt es Sie doch, und alles, was Sie haben, ist für die Würmer.»

Carvalho frischte Erinnerungen an seinen alten Freund auf, den bekennenden Christen, der Demonstrationszüge anführte in der Überzeugung, sein Glaube sei eine schützende Rüstung, und dabei mehr Schläge mit dem Gummiknüppel einstecken mußte als alle anderen zusammen. Sein Anruf war aus einem Land gekommen, das eher dem Vergessen als dem Erinnern angehörte. Ja, es hatte eine Zeitlang gedauert, bis sein Gesicht vor ihm aufgetaucht war, am Ende eines Tunnels durch die Zeit, über eine Distanz von dreißig Jahren hinweg. Am Telefon hatte er eine Geschichte von Bürgerkrieg und Tod gehört: ein alter Mann, der seine Kriegserinnerungen mit sich herumgetragen hatte, war unter verdächtigen Umständen gestorben.

«Es gibt konkrete, sehr komplizierte Aspekte, die ich dir am Telefon nicht auseinandersetzen kann. Ich beauftrage dich offiziell mit dem Fall. Kannst du hierherkommen?»

«Wohin denn?»

«Alamar liegt in der Provinz Ciudad Real.»

«Die Mancha finde ich langweilig.»

«Du wirst dich nie ändern. Du wärst imstande, für einen geistreichen Witz eine Freundschaft zu opfern.»

Aber das war nicht seine Absicht, oder vielmehr, sein Motiv war nicht die Freundschaft, eher Neugier. Die Aussicht, etwas anderes zu sehen als die Ramblas, Biscuters Gerichte und sein Haus in Vallvidrera mit der immer schwieriger werdenden Aufgabe, ein Buch für das Kaminfeuer auszusuchen, und statt dessen eine Reise zu machen, hatte ihn für kurze Zeit begeistert, lange genug, daß er nun schon vierhundert Kilometer hinter sich und noch dreihundert Kilometer vor sich hatte. Die ersten Bedenken kamen ihm allerdings, als er in einem Restaurant an der Straße einen Teller Linsen mit Chorizo verzehrte. Das schwere Essen nagelte ihn auf seinem Stuhl und an seinen Zweifeln fest. Was geht mich diese Dorfpriestergeschichte überhaupt an? Was springt bei einem derartigen Fall überhaupt heraus? Diese impulsiven Entschlüsse werden mich noch zugrunde richten. Dieser während der letzten dreihundert Kilometer aufgekeimte Pessimismus wurde verstärkt, als er sein Auto in Alamar auf der Plaza Mayor einparkte. Natürlich war sie arkadengesäumt wie jede Plaza Mayor in der Mancha, die etwas auf sich hält, und hinsichtlich Farbe, Plastizität und Struktur mit allen Attributen der nüchternen Strenge der Mancha und der sonstigen Philosophien versehen, mit denen sich Innerspanien gegen die Invasion der Barbaren von draußen verteidigt hatte, indem es präventiv bei ihnen einmarschiert war. Glücklicherweise würde es schmackhaften Käse und gutes Lammfleisch geben.

Aber es gab kein Lamm zum Abendessen, und der *Manchego* war so industriell gefertigt, daß man auf die Idee kommen konnte, er sei aus den Überschüssen der diesjährigen Kartoffelernte gemacht, die offensichtlich besonders reichlich ausgefallen war. Der Herr Pfarrer hatte ihm ein frugales Mahl aus gedünstetem Mangold mit rohem

Schinken vorgesetzt, dazu einen jungen Seehecht, mit dem unsinnigen Bestreben, sich selbst in den Schwanz zu beißen.

«Eine Frau aus dem Dorf kocht für mich. Sie kocht nicht schlecht. Ich esse sowieso alles.»

«Du gehörst also zu denen, die essen, um zu leben, und nicht leben, um zu essen!»

«Du sagst es.»

«Die Sorte Mensch kenne ich.»

Victorino war mit einer gewissen Würde gealtert, mit mehr Würde als Carvalho. Er gestand sich das vor dem Spiegel ein, der zusammen mit Krug und Waschbecken die gesamte Ausstattung des privaten Badezimmers bildete, das ihm zur Verfügung stand. Aber das war schon zu vorgerückter Stunde, nachdem er sich mit einer guten «Cerdán» für das gewöhnliche Abendessen entschädigt hatte, dazu einen hervorragenden Mancha-Wein von der Sorte, die die Einheimischen den Priestern schenken, um die Wunden ihres Geistes vernarben zu lassen.

«Die Sache geht mir nicht mehr aus dem Kopf. Und die Nonnen...»

Nonnen, Nonnen! Das hatte gerade noch gefehlt. Kartoffelkäse und Nonnen!

«Und was meinen die frommen Schwestern dazu?»

«Sie sind ganz durcheinander, die armen Frauen. Es ist das Schlimmste, was ihnen seit der Änderung ihrer Tracht und der Kürzung ihrer Röcke passiert ist.»

Carvalho betrachtet den Priester mit einem gewissen Sarkasmus. «Du kannst sicher sein, du bist der erste Priester, für den ich arbeite.»

«Und ich bin zum erstenmal per du mit einem Privatdetektiv.»

«Das ist für mich wie ein Gang zur Messe. Das letzte Mal war 1953.»

«Für mich ist das wie ein Gang ins Kino.»

«Wie bist du bloß darauf gekommen, Priester zu werden?»

«Und du? Wieso bist du denn Privatdetektiv geworden?»

«Du hattest schon was von einem Priester, als wir noch studierten und in der Partei waren.»

«Mag sein. Allerdings wollte ich ein ganz besonderer Priester werden. Wenn ich nicht diese entbehrungsreiche Stelle als Priester eines winzigen Dorfes und Kaplan eines frommen Altersheims bekommen hätte, wäre ich es nicht geblieben. Ich liebe gottverlassene Winkel und hoffnungslose Fälle.»

«Du hast es gut, wenigstens weißt du, was du liebst. Merkwürdig, die Sache mit dem Alten.»

Carvalho blättert in einem roten Büchlein, schließt es und knallt es auf den Bürotisch.

«Die Nonnen sind bereit, deine Rechnung zu bezahlen.»

«Was meint die Polizei dazu?»

«Das Ergebnis der gerichtsmedizinischen Untersuchung ist nicht eindeutig. Es ist die Rede von einem möglichen Herzversagen, das zur Ohnmacht führte und das Ersticken ermöglichte. Allerdings verändert die Reihenfolge der Faktoren in diesem Fall das Produkt: richtig sind Ersticken und Herzstillstand, und Don Gonzalo schlief gewöhnlich mit dem Kopfkissen auf dem Kopf. Es gibt eine Reihe zusätzlicher Faktoren, die schwer zu erklären sind. Im Heim herrscht ein Klima der Angst oder der Unterdrückung. Es steht fest, daß zwei oder drei Alte zu fliehen versucht haben, als hätten sie vor etwas Angst oder seien in Panik geraten.»

«Und Don Gonzalos Angehörige?»

«Das ist noch so eine seltsame Sache: er wurde von Neffen ins Heim gebracht, die eine erwiesenermaßen falsche Adresse in Santander hinterließen. Don Gonzalo schrieb ihnen aber, wie die Nonnen erzählen.»

«An die falsche Adresse?»

«Das ist nicht bekannt. Er warf die Briefe im Dorf ein, wenn er mal einen Spaziergang machte.»

«Gibt es denn keinen Dorfbriefträger, der nachsieht, an wen seine Nachbarn schreiben?»

«Er gab seine Briefe direkt beim Postzug ab. Für deine Detektivleidenschaft kann ich dir nur einen Hinweis geben: er benutzte immer Luftpostumschläge, woraus ich schließe, daß er wahrscheinlich ins Ausland schrieb.»

«Aber der Mann mußte doch wenigstens irgendwo gemeldet

sein – es muß bekannt sein, ob er verheiratet oder verwitwet war, ob er Kinder hatte oder nicht, er muß eine Pension bekommen haben, und es muß eine Sozialversicherungsnummer und einen Personalausweis geben.»

«Das ist schnell gesagt: der Personalausweis ist falsch, er gehörte einem spanischen Reisenden, der in Mexiko gestorben ist. Die Eintragung im Standesregister seines Geburtsorts ist verschwunden, es ist eins der Dörfer, deren Archiv im Bürgerkrieg verbrannt wurde. Der Geburtsort, den er in den Memoiren nennt, kann falsch sein. Als Arbeiter ist er in Spanien nicht registriert, wenigstens nicht seit dem ersten Arbeitszensus nach dem Bürgerkrieg. Schau dir die Memoiren an: bis zum Krieg sind sie von großer Klarheit, aber ab dem Zeitpunkt, als er in dieses Dorf bei Cartagena fährt, um einen Auftrag auszuführen, wird der Bericht immer konfuser. Von da an sind es keine authentischen Memoiren mehr, sie sind im nachhinein überarbeitet, und man spürt so etwas wie den Wunsch, die entscheidenden Tatsachen zu verbergen. Er beginnt, konkrete Personen nur in Initialen zu erwähnen, sogar die Schrift ist anders, es ist die Schrift eines verwirrten Menschen.»

«Ich frage noch einmal: was hält die Polizei davon?»

«Der Obduktionsbefund deckt jede mögliche offizielle Version. Wenn kein Angehöriger nachfragt, wer sonst soll sich für das Schicksal eines alten, zornigen, verrückten Mannes interessieren?»

«Absurde Fälle machen mir Appetit.»

«Wir können zu mir nach Hause zum Essen gehen. Ich weiß nicht, was meine Haushälterin uns hinterlassen hat.»

«Es tut mir leid um die kulinarischen Talente deiner Köchin, aber ich möchte dich lieber zu einem anständigen Essen einladen.»

«Hat es dir gestern abend denn nicht geschmeckt?»

«Ich habe mich in letzter Zeit sehr verändert. Mein Gaumen ist nicht mehr anspruchslos wie früher, sondern eher das glatte Gegenteil davon. Und zwei Dinge verabscheue ich mehr als alles andere: harte Eier und Fische, die sich in den Schwanz beißen.»

«Also gut. Ich esse nicht immer so bescheiden. Manchmal esse ich im Kloster, dort wird recht gut gekocht.»

«Aha, das Fischlein für den Genossen aus alter Zeit, und das Bankett mit den Nonnen! Alles zu seiner Zeit.»

Der Bürgerkrieg. Je länger Carvalho den Zeitzeugenbericht von Gonzalo Céspedes – oder wie immer er heißen mochte – las, um so unausweichlicher drängte sich ihm die Erkenntnis auf, daß der Bürgerkrieg für viele Spanier noch nicht zu Ende war. Er war in diesen Zeilen be- und verarbeiteter Erinnerungen lebendig, und diesem Umstand war es zu verdanken, daß der Autor weniger die Irrungen und Wirrungen des Krieges als vielmehr den Umstand seiner eigenen Jugend ab und zu mit einem Lächeln bedachte, vor allem die enge Bindung zu der kompletten Reihe von Mozarts, eher Brüdern als Genossen, ohne Vor- und Familiennamen, von denen er ein idealisiertes, wenn auch nicht ungetrübtes Bild entwarf.

«Der Bürgerkrieg?» fragte er sich oder die Oberin während der ersten Audienz bei ihr. «Glauben Sie, daß der Bürgerkrieg in diesem Durcheinander eine Rolle spielt? Diese Aufzeichnungen sind das einzige, was wir über einen Mann wissen, der ansonsten immer noch ein Rätsel ist. Vielleicht waren sie alles, was er hatte.»

«Er hatte wenig irdischen Besitz. Die Leute, die ihn brachten, hinterlegten zwar eine ansehnliche Summe, allerdings war sie schon ziemlich aufgebraucht.»

«Was hätten Sie mit ihm gemacht, wenn die Summe verbraucht gewesen wäre und Sie keine Nachzahlung bekommen hätten?»

«Er wäre hiergeblieben. Es ist unsere Grundregel, keinen auf die Straße zu setzen, weil er nicht mehr zahlt. Beim Eintritt jedoch wird stets verlangt, daß etwas bezahlt wird, sonst könnten wir den Betrieb nicht aufrechterhalten.»

«... Wenn ich mir nach so langer Abwesenheit die neue Realität in Spanien ansehe, gewinne ich den Eindruck, unter einem Volk zu leben, das sein Gedächtnis verloren hat. Keiner will sich an den Krieg erinnern. Die einen haben Gewissensbisse wegen der Art und Weise, wie sie ihn gewonnen und was sie aus ihrem Sieg gemacht haben – den andern sitzt die Angst des Besiegten immer noch im Nacken.»

Er schrieb nicht schlecht, der Alte.

«Sie können sich im Männerbau nach Belieben umsehen. Wenn Sie in den Frauenbau wollen, müssen Sie sich die Erlaubnis holen.»

«Gibt es Beziehungen zwischen Männer- und Frauenbau?»

«Nicht offiziell. An manchen Festtagen. Wir können sie auch nicht daran hindern, sich zu treffen und miteinander zu reden, wenn sie draußen oder im Dorf sind. Aber hier hat es noch keinen Anlaß zu Klatsch gegeben, wie in anderen Wohnheimen, vielleicht weil es den Frauen, den armen Wesen, meist schon sehr schlecht geht, wenn sie zu uns kommen.»

«Schlechter als den Männern?»

«Unsere Hausordnung sieht vor, im Frauenbau nur Personen aufzunehmen, die sich nicht mehr selbst versorgen können. Es ist eher ein Pflegeheim für Todkranke als ein Altenheim.»

Das Vorzimmer des Friedhofs. Voller Einsamkeiten.

«Ich möchte den Ereignissen nicht vorgreifen, Señora, aber ich bin fünfzig und muß an meine letzten zehn Lebensjahre denken. Können Sie mich über die verschiedenen Arten von Altersheimen in Spanien informieren?»

Argwöhnisch mustert die Oberin sein Gesicht, unsicher, ob er sich mit den ernst klingenden Worten nicht über sie lustig macht.

«Haben Sie keine Angehörigen?»

«Nein, nicht einmal eine Katze.»

«Es gibt alle Arten von Altersheimen, von den schlechtesten für die ganz Armen, die keinen Pfennig besitzen, bis hin zu den besten Heimen mit Einzelzimmern, Heizung, Putzfrau und Krankenschwester.»

«Das wäre das Richtige für mich. Ist es sehr teuer?»

Der Priester räkelt sich unbehaglich in seinem Sessel und wirft Carvalho mißbilligende Blicke zu. Er atmet erleichtert auf, als die Oberin das Gespräch für beendet erklärt und sich, mit ihren Röcken und unsichtbaren Unterröcken raschelnd, entfernt.

«Wolltest du sie auf den Arm nehmen?»

«Nein, nein, das sind Fragen, die mich interessieren. Wenn du zum alten Eisen gehörst, steht dir ein Priesterheim zur Verfügung, aber ich trage keine Sountane.»

«Du machst dir also jetzt Gedanken über das Alter?»

«Das habe ich schon immer getan. Nicht über den Tod, aber über das Alter.»

«Du bist konsequenter Materialist.»

«Ich bin besser ernährt als du.»

Er geht mit seinem Freund zu dem Speisesaal, wo man schon eine Stunde vor der Mahlzeit der Nonnen einen Tisch für die beiden gedeckt hat. Es duftet herrlich nach gekochten Bohnen, und Carvalho genießt im Vorbeigehen das Aroma, das er sich mit der Hand zur Nase wedelt.

«Es duftet vielversprechend!»

Etwas in seinem Verhalten paßt nicht zu dem, wie der Priester ihn von früher her kennt. Er fühlt sich von seinem ehemaligen Genossen kritisch unter die Lupe genommen, als bezweifle er permanent den Sinn seines Verhaltens.

«Ich sagte dir doch, daß sie gut kochen.»

Carvalho nickt und macht sich begeistert über seinen Teller her.

«Nudelauflauf, solide und phantasievoll! Ich muß mich nach dem Rezept erkundigen. Meiner Meinung nach steht und fällt das Ganze mit der schwarzen *butifarra*.»

«Wenn du meinst...»

Eine Nonne kommt und räumt die Teller der beiden Männer an der langen klösterlichen Tafel ab. Dann bringt sie eine Schüssel. Der Priester hebt den Kopf und gerät durch den Duft, der daraus aufsteigt, in Ekstase.

«Crêpes von Schweinsfüßen mit *aioli*, das reinste Wunderwerk, Carvalho, ich schwör's dir!»

Carvalho betrachtet die junge Nonne, die ihnen aufträgt, mit einem gewissen Respekt.

«Haben Sie das gekocht, Schwester?»

Die Nonne errötet und schlägt die Augen nieder.

«Ich? Nie im Leben. Schwester Salvadora hat das gekocht, sie hat ein Händchen dafür, das sage ich Ihnen! Sie hat wirklich ein Händchen...»

«Mein Kompliment an den Chefkoch!» sagt Carvalho, und die Nonne ist etwas verwirrt.

«Sein Kompliment an Schwester Salvadora!» korrigiert der Priester, und man hört die Nonne beim Hinausgehen kichern.

«Er war so verkrampft und verschlossen, daß er das Atmen vergessen hat. Das ist nur ein Witz, junger Mann. Aber vielleicht ist es auch eine Erklärung. Er war ja so von oben herab wie ein Basketballspieler, einer aus dem Fernsehen. Er sah einen von oben herab an, auch wenn man einen Kopf größer war als er. Ich konnte ihn nicht leiden, und wenn Sie die anderen fragen, werden Sie auch nichts anderes hören. Der sagte nicht mal guten Morgen. Wahrscheinlich war er ein Grafensohn und ist in einem Körbchen auf die Türschwelle dieses Scheißasyls gelegt worden.»

«Gefällt Ihnen dieses Altersheim nicht?»

«Altersheim? Machen Sie Witze? Das hier ist ein Dreckloch.»

«Und die Nonnen?»

«Sind Sie verwandt mit einer von ihnen? Ich sah Sie mit dem Priester im Speisesaal essen. Aber wenn Sie nicht mit denen verwandt sind, ich will ja nichts sagen, aber die beste von denen ist immer noch ein Flittchen, und gegen die schlimmste davon ist meine Schwiegertochter noch eine Heilige – dabei ist sie ein ausgemachtes Miststück, nicht mal meine Enkel dürfen mich besuchen, nicht mal das!»

«Hören Sie nicht auf den da! Wir werden hier gut behandelt.»

«Sie vielleicht! Sie werden gut behandelt, weil Sie ein Schleimscheißer sind und sich den ganzen Tag an die Brust schlagen. Mein Vater – Gott sei ihm gnädig – sagte immer zu mir: ‹Trau keinem, der sich dauernd an die Brust schlägt und mit jedem Furz Staub aufwirbelt!› Nichts für ungut wegen des Vergleichs. Aber Sie sind nur zu Besuch hier, Sie gehen wieder, und wir bleiben. Wenn man Sie fragt, was wir gesagt haben, dann erzählen Sie diesen Weibern, daß wir sie furchtbar lieb hätten. Sie seien Heilige für uns!»

Der Rat der Alten schüttelt den Kopf über die kaustische Rede des großen, nervösen Mannes, der beim Sprechen mit dem ganzen Körper gestikuliert.

«Soso, Don Gonzalo war also eingebildet.»

«Arrogant war er!»

«Er war sehr arrogant, wirklich», sagt der kleine Alte mit der Baskenmütze, die verwitterten Hände über seinem Stock gefaltet.

«Ja, ja, wirklich», respondiert der Chor der Alten.

«Er war sehr arrogant. Wenn einer so ist, der kann mich mal. Wir haben hier alle das gleiche und etwa gleich schlimm. Alter nennt man das.»

«Jawohl! Genau!» respondiert der Chor.

«Er war keiner von uns», urteilt der greise Vorsänger der Alten.

«Was wollen Sie damit sagen?»

Der Alte kaut das Vakuum in seinem Mund und blickt Carvalho etwas unwillig an.

«Verdammt, ist das so schwer zu verstehen? Er war einfach furchtbar hochnäsig. Wie diese bankrotten Adligen, die alles verloren haben und nie darüber wegkommen. Das hier ist nichts für Adlige, das ist für arme Schlucker wie uns.»

«Jawohl! Genau!» respondiert der Chor.

«Wir sind ja das lebendige Beispiel, verstehen Sie mich recht! Das lebendige Beispiel dafür, daß einer allein zwölf Kinder großziehen kann, aber zwölf Kinder nicht imstande sind, ihrem Vater zu Hause ein Zimmer freizumachen, damit er unter seinem eigenen Dach sterben kann.»

«Ja, ja, gut gesagt!»

Der Chor scheint perfekt eingespielt, und Carvalho verabschiedet sich mit einer Handbewegung und nimmt seinen Gang durch den Garten wieder auf. Er setzt sich auf eine Bank, nimmt das rote Büchlein aus der Tasche und beginnt darin zu lesen. Dabei beobachtet er aus den Augenwinkeln, wie sie darauf reagieren. Ihm entgeht nicht das Aufblitzen in den Augen zweier abseits stehender alter Männer, die ähnlich scharfe Blicke auf das provozierende Büchlein werfen. Dann vertieft er sich in die Lektüre, und aus den Seiten scheint die Jugend Don Gonzalos aufzusteigen und Gestalt anzunehmen.

«Von der Front in Teruel wurde ich vom Divisionsstab zur Durchführung eines Sonderauftrags nach Cartagena abkommandiert. Die internationale Presse hatte in Schlagzeilen berichtet, daß revoltierende Häftlinge von einem Milizkommando ohne ordentliche Gerichtsverhandlung in großer Zahl exekutiert worden seien. Eine Mauer des Schweigens umgab die Tat. Der Kommandant sagte zu mir: ‹Sie, Gonzalo, sind ein Mann unseres Vertrauens, und Sie sind in der Lage, der Sache auf den Grund zu gehen. Wir haben nicht viele Politkommissare, die so fähig und vertrauenswürdig sind wie Sie! Ich betraue Sie als Sonderbeauftragten mit der Untersuchung dieses Falles.› Noch in derselben Nacht besprach ich die Sache mit den Brüdern. Sie hatten schon davon gehört und sagten, es gelte vor allem, den guten Ruf der Republik zu retten. Mozart I. versicherte mir, ich hätte ihre volle Unterstützung, und ich solle ohne Rücksicht auf die lokalen Autoritäten der Sache auf den Grund gehen.

‹Dort herrscht ein defätistisches Klima, alles wird vertuscht.›

Ich fuhr nach Cartagena, und Mozart I., II. und V. verabschiedeten sich von mir.

‹Wir können es akzeptieren, wenn sie deinen Auftrag scheitern lassen, aber niemals, wenn du selbst schwach wirst.›

Vielleicht war es die Art, wie sie mich ansahen oder mit mir sprachen – jedenfalls wußte ich von diesem Moment an, daß meine eigenen Brüder mich umbringen würden...»

Carvalho sieht den jungen, arroganten Kommissar vor sich, wie er von oben herab leitende Persönlichkeiten aus Politik und Verwaltung verhört, aber die folgenden Zeilen erwecken den Eindruck eines verheimlichten Mißerfolgs:

«Die Toten waren begraben, und die Lebenden tanzten. Daran war nichts zu ändern. Ich fuhr von Altea mit einem Fischkutter nach Algerien. Ich wollte heraus aus diesem Irrenhaus, das wir Spanien nannten.»

Von zwei Nonnen flankiert, lauscht die Mutter Oberin mit kaum bewegter Miene Carvalhos Ausführungen und vor allem seiner abschließenden Frage: «Ist Ihnen in letzter Zeit nichts Seltsames aufgefallen, irgendeine Kleinigkeit, auch wenn sie ganz unwichtig erscheint?»

«Jeder Tag ist für uns voll merkwürdiger Begebenheiten, kleinen und großen. Wir haben es mit alten Menschen zu tun, viele sind in einem fortgeschrittenen Stadium der Arteriosklerose. Es wäre wirklich seltsam, wenn es keine seltsamen Begebenheiten gäbe.»

Eine der Nonnen setzt zum Sprechen an, aber sie verstummt wieder.

«Mutter Oberin, ich...»

«Sprechen Sie, Schwester Susana.»

«Na ja, das ist vielleicht ganz unwichtig, ich meine das mit dem Zettel.»

«Was für ein Zettel?»

«Erzählen Sie es laut und deutlich, Schwester Susana!»

Die Nonne faßt Mut und sagt: «Schwester Celia fand einen Zettel, als sie den Schlafraum ausfegte. Normalerweise kontrollieren wir diese Zettel genau, weil sie manchmal für den Frauenbau bestimmt sind, oder umgekehrt... Na ja, Sie wissen schon.»

Errötend ist die Nonne verstummt.

«Weiter, Schwester!»

Der Befehl der Oberin klingt schneidend.

«Na ja, wir fanden eine ganze Menge Zettel mit eindeutigem Inhalt. Aber eines Tages fanden wir einen, auf dem stand: ‹Wir treffen uns in Prag.› Ich weiß nicht, ob Sie damit etwas anfangen können.»

«Prag?»

Dieselbe Frage steht in den Augen der Oberin, Carvalhos und des Priesters.

«Offensichtlich eine verschlüsselte Botschaft», bemerkt Carvalho.

«Es könnte auch ein Buchtitel sein», meint der Priester.

«Hier wird nicht sehr viel gelesen», sagt die Oberin.

«Normalerweise lesen die Leute nicht viel, und wer lesen will, dem reichen die Bücher in unserer Bibliothek. Schwester Consuelo ist die Bibliothekarin. Kennen Sie diesen Titel?»

«Das hätte gerade noch gefehlt», stößt die Nonne, die bis jetzt geschwiegen hat, hervor, als rieche dieser Titel nach Pech und Schwefel. «Ein kommunistisches Buch kommt uns nicht ins Haus!»

Sie rechtfertigt ihren Ausbruch und fügt ergänzend hinzu: «Prag ist nämlich die Hauptstadt eines kommunistischen Staates.»

«Er war aber nicht immer kommunistisch.»

«Aber jetzt ist er es, und wenn es soweit gekommen ist, dann bestimmt nicht ohne Grund, das sage ich Ihnen, und bitte entschuldigen Sie, Ehrwürdige Mutter, wenn ich so laut werde! Also, ich meine, Madrid, ein Buch über Madrid, das wäre doch etwas ganz anderes, Madrid ist keine kommunistische Hauptstadt. Und warum? Warum ist Madrid keine kommunistische Hauptstadt? So, jetzt sind Sie dran!»

«Es war zu weit für die russischen Panzer.»

«Hier haben die Kommunisten den Bürgerkrieg verloren! Der Finger Gottes war stärker als der des Teufels. Aber in Prag haben die Kommunisten gewonnen.»

Carvalho wendet sich von der Bibliothekarin und ihren Weisheiten ab und sucht gedankliche Schützenhilfe in den gütigen Augen der Oberin. Sie ist wie ein französischer Bourbone, dick, aber intelligent, und genießt es, in den Blicken der anderen den Respekt vor ihrer Erscheinung zu erkennen.

«Ich verstehe nicht, was das alles soll! Ehrlich gesagt, verstehe ich überhaupt nichts. Gott hat uns diese Prüfung auferlegt, und wir müssen sie auf uns nehmen, aber ich werde ihn bitten, daß er uns das nächste Mal härter prüft, aber nicht so schwierig.»

Carvalho wartet, bis er und der Priester das Büro verlassen haben, und bricht zur Verwunderung seines Begleiters in Gelächter aus.

«Ich lache, weil die Weltgeschichte doch ihre Spuren hinterläßt. Heutzutage bitten selbst die Nonnen schon ihren Gott um leichtere Prüfungen. Die menschliche Rasse degeneriert. Hör mal, glaubst du an das alles?»

«Meinst du Gott, die Religion und die Nonnen?»

«Na klar.»

«Damit setze ich mich nicht mehr auseinander. Ich habe irgendwann einmal daran geglaubt, und seit zwanzig Jahren oder noch länger tue ich so, als glaubte ich immer noch daran. Das ist mein Problem.»

«Das Land steht vor einer Reihe problematischer Entscheidungen, die nicht nur die Regierenden betreffen, sondern auch die Bürgerschaft, beispielsweise das Referendum über Spaniens Verbleib in der NATO. Befürworter wie Gegner sehen sich als ausschließliche Gralshüter der Ethik. Für die Befürworter ist der Verbleib in der NATO höchster ethischer Imperativ, da er mit der Staatsethik übereinstimmt, das heißt mit dem Allgemeinwohl, das der Staat naturgemäß vertritt. Die Gegner wiederum, zu denen ich mich auch zähle, bestreiten dies und gehen von einem umfassenderen ethischen Anspruch aus: Friedliche Ziele können nicht mit kriegerischen, objektiv kriegstreiberischen Mitteln verfolgt werden.»

«Professor Aranguren, wie kam es dazu, daß Sie, die Intellektuellen, aufgerufen wurden, sich im einen oder andern Sinne zu äußern? Zwar scheint es *a priori* sinnvoller, sich an eine gebildete Person zu wenden, nicht an gewöhnliche Menschen, aber...»

«Das Wort ‹masochistisch› stammt von Masoch, dem Autor der *Venus im Pelz*, einem naiven kleinen Roman über Lustgewinn durch moralische und physische Unterdrückung, der wie ein Traktat für Nonnen wirkt in einer Zeit, in der die Zeitungen voll sind von Berichten über den ‹schwarzen›, den ‹griechischen› und den ‹französischen› Kuß, stimmt's, Beatriz?»

«Ich würde mich der Meinung von José Luis García Berlanga über die Naivität des fraglichen Machwerks nicht so ohne weiteres anschließen. Man muß es auf dem Hintergrund der Moral jener Zeit beurteilen, in der es geschrieben wurde.»

«Das stimmt natürlich. In diesem Punkt gebe ich dir recht. Es ist so, als wollte man uns heute erzählen, *Fortunata y Jacinta* sei der Zensur zum Opfer gefallen, weil es eine Apologie des Ehebruchs darstelle.»

Carvalho fährt von Sendebereich zu Sendebereich der verschiedenen Radiostationen zurück nach Barcelona. Er hat das Radio eingeschaltet und hört, auf der Suche nach einer absurden Resultante, in verschiedene Sendungen hinein. Mal hört er zu, mal konzentriert er sich aufs Fahren, und ab und zu murmelt er: «Wir treffen uns in Prag.»

«Nachdem wir nun die Ausführungen von Professor López Aranguren gehört haben, schalten wir auf die andere Seite des Atlantik und sprechen mit einem jener Spanier, die emigriert sind, aber Spanien stets einen Platz in ihrem Herzen bewahrt haben. Mexiko, Zuflucht Tausender von Spaniern, die ihr Land verließen, um sich eine Zukunft aufzubauen oder um nach der Barbarei des Bürgerkriegs ihr Leben zu retten. Tasco, hier Barcelona. Don Ricardo Ardévol? Hallo? Ich kann Sie nur schlecht verstehen...»

Don Ricardo Ardévol antwortet. Carvalhos Aufmerksamkeit gilt nicht mehr dem Apparat, er hört nicht mehr zu, und es sieht so aus, als hätte sich seine gedankliche Last verdoppelt und den Ernst seines Gesichtsausdrucks vertieft.

«Don Ricardo, können Sie mich hören? Wir wissen, daß Sie, die Emigranten, die Entwicklung in Spanien ganz intensiv mitverfolgen. Wissen Sie, daß uns eine Volksabstimmung bevorsteht?»

«Jawohl, ich bin im Bilde. Es geht um die NATO-Mitgliedschaft.»

«Wem würden Sie, ein ehemaliger Diener der Republik, recht geben, den Gegnern oder den Befürwortern einer Fortsetzung der NATO-Mitgliedschaft?»

«Beatriz Pecker ist wesentlich jünger als ich, wie Sie vielleicht wissen oder anhand ihrer Stimme oder durch Hintergrundinformationen erraten haben, und die jungen Leute wissen besser Bescheid über sexuelle oder erotische Fragen. Wir Ältere mußten immer etwas märchenhaft oder mythologisch bleiben.»

«José Luis, du brauchst dein Licht nicht unter den Scheffel zu stellen. Diese erotische Radiostunde wäre ohne dein großes Wissen undenkbar.»

«Bleiben wir beim Thema, Beatriz! Es gibt zwei Arten von Masochismus. Die erste, weit verbreitete, ist die des gewöhnlichen psychischen Masochismus. Davon haben wir alle etwas. Die zweite ist ein sogenannt abartiges Verhalten, das heißt, ein Mensch gewinnt durch Mißhandlung Lust oder verknüpft die Erfahrung der Liebeslust mit dem Tod selbst.»

«Eros und Thanatos.»

«Genau, Liebe und Tod.»

«Don Ricardo, also, was Sie da gesagt haben, ist sehr ernst oder sehr tief empfunden, je nachdem, wie man es betrachtet. Würden Sie heute wieder zur Waffe greifen, um die Republik zu verteidigen?»

«Jawohl, unter diesen Bedingungen unbedingt. Aber ich habe an diesem König nichts auszusetzen, eh! Er ist zwar ein Bourbone wie sein Großvater, aber nicht so ein Schlitzohr wie Alfonso XIII.»

Carvalho hatte die Meinung des alten Emigranten zur NATO-Mitgliedschaft verpaßt.

«Erinnern Sie sich an die Schlußszene aus dem Film ‹Im Reich der Sinne› von Oshima? Die größte Lust wird beim Erwürgen des Liebhabers erzielt.»

«Aber wer fühlt sie? Die Frau, die ihn erwürgt, oder er selbst, der erwürgt wird?»

«Man müßte es selbst ausprobiert haben, um diese Frage beantworten zu können.»

«Biscuter, was würdest du tun, um die Identität eines Toten herauszufinden, von dem du vermutest, daß nicht nur sein Name falsch ist, sondern daß auch kein normaler Spanier sein Gesicht erkennen könnte, weil er wahrscheinlich während der letzten vierzig Jahre in Mexiko gelebt hat?»

Biscuter hat sich stirnrunzelnd auf die Frage konzentriert, während er den Cocktailshaker schüttelt.

«Meinen Sie die Frage ernst, Chef?»

«Jawohl.»

«Also, ich würde ein Foto von ihm in die mexikanischen Zeitungen setzen und hoffen, daß ihn jemand erkennt, ein Verwandter oder ein Freund.»

«Biscuter, du hast genau das vorgeschlagen, was ich gerade getan habe. Ich hoffe, der Pilot von ‹Aeromexico›, dem ich die Fotos mitgab, stürzt nicht ab, sonst sind sie verloren.»

«Also Chef, übertreiben Sie nicht! Wenn das Flugzeug abstürzt, ist viel mehr kaputt als die Fotos. Waren Sie schon mal in Mexiko?»

«Jaja.»

«Ist das Land wirklich so toll, wie alle sagen?»

«Es ist ein schönes Land.»

«Sie hätten mich mit den Fotos hinschicken können! Ich komme nie weg von hier, Chef. Dabei haben Sie mal versprochen, Sie würden mich nach Paris zu einem Kurs schicken, wo ich Suppen kochen lerne, aber das haben Sie nie getan.»

«Ich müßte erst mal so viel wie Nero Wolfe verdienen, damit ich dich nach Paris schicken kann, Biscuter; aber beim nächsten Mordfall, wenn mein Klient ein Reisebüro ist, verlange ich Bezahlung in Naturalien und schicke dich nach Paris, Biscuter, das schwör ich dir!»

Biscuter ist nicht sehr überzeugt von dem Angebot. Er hört auf, den Shaker zu schütteln, öffnet ihn und läßt vorsichtig einen dünnen Strahl in ein Cocktailglas fließen.

«Ein Gimlet, Chef, wie im Film.»

Carvalho kostet.

«Zuviel Limonensirup, Biscuter.»

«Ich gebe noch etwas Gin dazu.»

«Gin macht ihn auch nicht besser. Er ist einfach zu süß.»

«Heute ist eben nicht mein Tag.»

Carvalho hört mehr auf das Telefon als auf Biscuters selbstmitleidiges Schimpfen, er werde nie gelobt, nur kritisiert, immer nur kritisiert.

«Neulich habe ich Ihnen *chipirones* in Bier gemacht, echt toll, und Sie haben mir immer noch nicht gesagt, ob sie geschmeckt haben.»

Am andern Ende der Leitung wechseln sich die Leute ab, die Carvalho befragt nach Sekten, die während Republik und Bürgerkrieg aktiv waren. Endlich bringt ihn ein früherer Genosse von der Universität auf die Spur von Evaristo Tourón, dem besten Fachmann für Sekten während des Krieges. Ein echter Gelehrter geht nie ans Telefon. Wer kann sich Einstein am Telefon vorstellen?

Evaristo Touróns Elfenbeinturm ist eine kleine Villa in der Passage von Permanyer, eine Insel im grauen Meer des *Ensanche* von

Barcelona, fünfzig Meter entfernt von den Autoschlangen in einem Mikroklima palmenbehüteter Stille.

«Wozu wollen Sie meinen Vater sprechen?» fragt ihn die unechte Putzfrau. Seine Antwort scheint weder sie noch den strubbeligen Alten mit dem Glasauge zu überzeugen, der nicht weiß, ob er mit dem gesunden Auge Carvalho oder die zwölf Bücher ansehen soll, die aufgeschlagen auf dem Tisch liegen. «Sie fragen mich da nach einer bestimmten Form von Gruppen, die nicht erfaßt sind. Ich bezweifle, ob Sie sie im *Kompendium der spanischen Sekten* von Hernández Colorado finden werden, aber ich kann Ihnen dafür die Adresse eines alten Verrückten geben, der von den kleineren Sekten ganz besessen ist.»

«Verrückt? Ich habe ziemlich genug von verrückten Alten.»

«Verrückt genug, daß er immer noch Republikaner ist. Was halten Sie davon?»

Über der Tür prangt das Schild: *Vereinigung der Soldaten der II. Republik.* Carvalho öffnet die Tür und betritt eine Wohnung des Gotischen Viertels mit abgenutzten Möbeln, die von einer großen Vergangenheit zeugen, republikanischen Flaggen und Bildern republikanischer Politiker, unter denen das von Dr. Manuel Azaña durch seine Größe auffällt. Carvalhos Kommen erregt einiges Aufsehen unter den Personen im Salon, die an den verschiedenen Tischen sitzen; Leute im reifen Alter bis hin zu fast Scheintoten, die Dame oder Domino spielen oder sich unterhalten. Ein alter Mann, so dünn, daß er fast durchsichtig war, spielt einsam an einem kleinen Billardtisch Karambolage und bewegt sich dabei wie Buster Keaton. Carvalho beugt sich über einen Tisch, fragt etwas, und man zeigt auf den Billardspieler.

«Don Liberto Maestre?»

Gleichmütig macht der Spieler noch eine Karambolage und wartet dann mit der Queue über der Schulter, was Carvalho ihm zu sagen hat.

«Ich komme von Don Evaristo Tourón. Er sagte mir, Sie seien der Mann, den ich brauche.»

Erfreut über die eigene Nützlichkeit breitet der Alte die Arme aus und lädt Carvalho ein, am Nebentisch Platz zu nehmen. In dem

Konflikt zwischen der Höflichkeit gegenüber dem Neuankömmling und der Lust auf eine weitere Karambolage siegt die Neigung über die Pflicht. Als er gespielt hat, stellt er die Queue an ihren Platz, wischt sich den imaginären Staub von den Ärmeln und setzt sich gegenüber von Carvalho an den Tisch, um ihn mit seinen Nachtvogelaugen zu durchbohren.

«Don Evaristo erzählte mir, Sie seien ein wandelndes Archiv und wüßten alles über Freimaurer, Geheimbünde, Lobbies etc., vor allem während der II. Republik und dem Bürgerkrieg.»

«Was bleibt mir denn anderes übrig? Nach dem Krieg gab es keine Sekten mehr, außer einer einzigen, den Schwarzmarktschiebern.»

Der Alte lacht über seine eigene Kühnheit und registriert erfreut Carvalhos großzügiges Lächeln.

«Hören Sie, ich habe da ein Problem. Was sagt Ihnen der Name Mozart?»

«Ein Musiker. Wunderkind. Phantastisch. Am Hunger gestorben, wenigstens beinahe, wie alle, die etwas dazu beigetragen haben, die Verhältnisse zu ändern.»

«Aber er muß einer geheimen Gesellschaft oder etwas Ähnlichem angehört haben. Ein Politkommissar trat an der Front von Teruel einem Geheimbund bei, und die Mitglieder nannten sich untereinander Mozart I., Mozart II. etc., etc.»

«Mozart war Freimaurer.»

«Mozart war Freimaurer», wiederholt Carvalho für sich selbst. «Es ergibt einen Sinn, daß ein Geheimbund den Namen Mozart als Deckname verwendet.»

«Es ergibt zwar einen Sinn, kommt mir aber nicht bekannt vor. Das übliche Freimaurertum auf Staatsebene mit internationalen Verbindungen war etwas ganz anderes als die radikaleren Gruppen im Untergrund, die es ab und zu gab, die mit der allgemeinen Bewegung unterschiedlich fest verknüpft waren.»

«Was bedeutet der Name Prag in Verbindung mit Mozart?»

«Mozart lebte eine Zeitlang dort. Er pendelte zwischen Prag und Wien. Die Prager liebten ihn sehr, sie gaben verschiedene Musikstücke bei ihm in Auftrag, zum Beispiel die K 504, eine Sinfonie mit nur drei Sätzen, besser bekannt als ‹Prager Sinfonie›. Sie haben ihm nie verziehen, daß er nach Wien zurückkehrte, um bei Hof mehr Aufträge und größeren Ruhm zu ernten. Er gehörte zu einer Prager Freimaurersekte, deren Motto war: ‹Durch Einheit zur Wahrheit.› Jetzt ist der Groschen gefallen! Während der Republik gab es einen Geheimbund mit diesem Motto, eine sehr radikale Sekte, eher rot als republikanisch, das heißt, die Revolutionäre hielten die Schlüsselpositionen inne, die Freimaurer dagegen waren seit dem 19. Jahrhundert nicht mehr eigentlich revolutionär. Ihre Revolution war liberal gewesen, und ab dann galt es, das Bestehende zu erhalten. Aber ich dachte immer, diese Sekte habe nur bis zum Kriegsausbruch existiert und sei dann verschwunden. Es waren keine eigentlichen Freimaurer, die Mitglieder waren eher Anarchisten, und weder Kommunisten noch Anarchisten waren je allzu begeistert von der Freimaurerei, die sie als kapitalistische Lobby betrachteten. ‹Durch Einheit zur Wahrheit› war eine puristische Sekte, eine typische Puristengruppe von der Sorte, die mit keiner der existierenden Gruppen zufrieden war. Es gab eine Partei, die sich ‹Proletarische Brüder› nannte, der Schriftsteller Sender gehörte auch dazu. Kurz und gut, ‹Durch Einheit zur Wahrheit› war eine Elitegruppe, eine Gruppe von Hundertfünfzigprozentigen, die sich nicht mit Halbheiten und Kompromissen die Hände schmutzig machen wollten, wie sie ein Krieg eben mit sich bringt. Ich habe mehr als einen von ihnen kennengelernt, hier in Barcelona, während der Ereignisse im Mai 1937, als sich die Kommunisten mit der POUM Gefechte lieferten. Sie hielten weder zu den einen noch zu den anderen. Die Kommunisten waren Konterrevolutionäre, und die andern ein Haufen Abenteurer. Da sehen Sie's! Solche Leute tun nichts und verhindern, daß andere etwas tun. In Kriegen müssen Entscheidungen fallen, und wenige fielen so, wie es nötig gewesen wäre. Wir haben den Krieg verloren, weil wir ein Haufen von Zauderern waren, zu viele Skrupel hatten, um gegen ein Pack zu kämpfen, das überhaupt keine hatte.»

«Was sagt Ihnen der Name . . .

... Mozart?» fragt Carvalho den Alten, und der antwortet: «Ein Musiker. Wunderkind. Phantastisch. Am Hunger gestorben, wenigstens beinahe, wie alle, die etwas dazu beigetragen haben, die Verhältnisse zu ändern.»

Was Mozart betrifft, so ist das leider richtig – und hätte doch nicht sein müssen, denn gerade in der erwähnten Prager Zeit hat Mozart gut verdient; nur konnte er nicht mit Geld umgehen.

Diesmal schien Carvalhos Auto mit mehr Lust in die Mancha zu fahren, und Victorinos Haushälterin hatte ihm eingelegte Rebhühner zubereitet, mit etwas viel Essig zwar, aber appetitlich und gut gemeint. Auch der Käse war besser, und es gab dazu eine dicke, saftige Quitte. Er lobte den Priester mit einem Blick, der mit einem unschuldigen Ausdruck von Selbstzufriedenheit quittiert wurde.

«Ehre, wem Ehre gebührt.»

«Gut oder schlecht essen ist eine Frage der Bildung, essen oder nicht essen eine des Geldes, vergiß das nie!»

«Ich werde mich bemühen.»

«Dann gehen wir jetzt zu den alten Leutchen. Ich habe schon eine richtige Sozialarbeiterpsychose.»

Ein Garten mit Zypressen und Lorbeer, rundgeschnitten mit der Heckenschere. Kieswege wie im Weinberg. Schatten, Stille und Getuschel. Die üblichen Grüppchen, Glockensignale, Befehle und Ratschläge der Nonnen.

«Die Ruhe ist nicht wieder eingekehrt. Zwei oder drei Alte haben erklärt, sie würden gehen, sobald ihre Angehörigen sie abholten.»

«Ich habe das Foto des angeblichen Don Gonzalo in der mexikanischen Presse veröffentlichen lassen und die Adresse des Heims angegeben, damit sich jeder mit uns in Verbindung setzen kann, der ihn erkennt.»

«Wieso in Mexiko?»

«Eine Ahnung von mir, aber nicht ohne Grund. Eine Ahnung, weil die meisten politischen Emigranten, die lange Zeit weg waren und oft für immer Wurzeln geschlagen haben, nach Mexiko gegangen sind. Aus jedem europäischen Land fällt die Rückkehr leichter. Aber den großen Teich überquert man nicht so einfach. Der Grund war der falsche Personalausweis. Er stammte von einem spanischen Reisenden, der in Mexiko gestorben war, also kann er dort verschwunden, auf dem Schwarzmarkt gelandet und von dem Opfer benutzt worden sein.»

«Stell dir vor, es existieren weder Angehörige noch Freude. Diese Neffen waren offensichtlich nicht echt.»

«Aber sie existieren, das heißt, es hat angebliche Neffen gegeben, die den sogenannten Don Gonzalo hierhergebracht haben. Wer sind sie? Außerdem stand der Alte in brieflichem Kontakt mit ihnen, die Verbindung war nicht abgerissen.»

«Ich fürchte, dein Foto wird nichts bringen. Wenn alles so mysteriös ist, wieso sollten sie sich zu erkennen geben?»

Carvalho zieht ein Foto aus der Tasche, es ist das mit der Frau und dem Kind, das der Priester schon in dem Karton mit den Habseligkeiten des Alten gesehen hat.

«Es könnte sein, daß dieses Kind lebt und wissen will, was aus seinem Vater geworden ist.»

«Oder auch nicht.»

«Es stört mich, wenn ich nicht weiß, wie eine Geschichte ausgeht, mit der ich zu tun habe. Es ist eine Manie, Schuld daran ist meine schlechte Erziehung, unsere schlechte Erziehung. Zum größten Teil seid ihr Priester dafür verantwortlich, ihr habt uns in dem Glauben erzogen, daß es einen glücklichen Ausgang gibt.»

«Das ist eine Vereinfachung. Es steht geschrieben: ‹Mein Ende ist mein Anfang.›»

«Stimmt, so steht es in der Bibel, aber es suggeriert einen glücklichen Ausgang. Mein Tod ist meine Auferstehung. Auf diese Platitüde habt ihr Priester die Schönheit der ganzen Phrase reduziert, denn das ist es, eine Phrase. Aber kurz und gut, ich sag es noch mal, mich stört es, wenn ich nicht erfahre, wie diese Geschichte ausgeht. Ich werde den Gang der Dinge etwas beschleunigen.»

Carvalho verläßt seinen Begleiter und mischt sich unter die Alten, die gespannt sind, welche Neuigkeiten er aus der Großstadt mitbringt.

«Hören Sie, was gibt es in Barcelona Neues über den Verlobten der ‹Pantoja›? Stimmt es, daß man dem König einen Hoden abgeschnitten hat? Das mit Felipe González verzeiht Gott nie! Erst nimmt er Franco die Yacht weg, und dann die Enkelin. Jaja, dem geht's gut, man könnte richtig neidisch werden.»

Carvalho nimmt Don Gonzalos rotes Büchlein zur Hand, setzt sich auf eine Bank und beginnt zu lesen.

«Arbeiten Sie in der Buchführung?»

«Nein, wieso?»

«Weil das hier wie ein Kassenbuch aussieht.»

«Es sind nur ein paar Notizen, die Don Gonzalo hinterlassen hat.»

«Aha.»

Der Spähtrupp der Heimbewohner macht kehrt und geht zurück zum größten Grüppchen. Man erstattet Bericht, und ein halbes Dutzend alter Köpfe mit Baskenmützen wendet sich um, nach dem scheinbar in seine Lektüre vertieften Carvalho. Einige Gesichter sind aufmerksamer als andere, manche wiederum allzu desinteressiert, und zwar so sehr, daß sie gerade durch die Anstrengung auffallen, mit der sie ihr Interesse zu verbergen suchen. So bleibt Carvalho über eine Stunde sitzen und studiert mehr die Reaktionen der andern als das Büchlein, dessen Inhalt er schon in- und auswendig kennt.

«Den ersten Feind, bei dem es mir klar war, daß es sich um einen Feind handelte, tötete ich auf einer Straße in Teruel. Ich fuhr auf einem Versorgungslastwagen, und wir wußten nicht mehr, wo die eigenen Linien aufhörten und die feindlichen begannen. Wir waren ebenso erschrocken wie die, die uns anhielten, und bei zwei Kontrollen wurden wir nicht mal nach Namen und Zielort gefragt. Aber plötzlich stoppte uns eine Patrouille, und die Sache stank. Sie entsicherten die Gewehre und traten einen Schritt zurück. Auge um Auge. Ich schoß auf den, der am nächsten beim Lkw stand, und auf seiner Stirn zeichnete sich ein dunkles Loch ab, wie ein blindes Auge, das mit den beiden andern Augen ein gleichschenkliges Dreieck bildete. Während alles durcheinander schoß, sah ich wie gebannt zu, wie der Mann langsam zu Boden fiel, als wolle er perfekt fallen oder das bißchen Leben noch auskosten, das in ihm war. Die Feinde ließen drei Tote zurück, als sie sich zurückzogen. Ich half mit, die Leichen der beiden andern zum Straßengraben zu schleppen, aber nicht die meines Toten. Als ich ihn an den Füßen packen wollte, begann ich zu zittern und zu schwitzen wie im August. Es war Dezember, irgendwo auf der Straße von Teruel.»

Dämmerung dunkelt über den Schlachtfeldern; wie Melasse breitet sich die Nacht aus, mit der Bedächtigkeit eines Siegers, der seinen Sieg lange auskosten will. Carvalho schließt sich ihr an und geht wie ein grauer Schatten umher, der völlig mit der Dunkelheit verschmelzen will. Eine Stunde lang dringen noch Geräusche und

Gerüche des Lebens aus dem Wohnheim, bis eine Müdigkeit, so alt wie die Insassen, Schweigen und Ruhe verbreitet. In wenigen Fenstern brennt noch Licht. Carvalho folgt dem Weg um das Gebäude herum, das Mondlicht läßt ihn wie ein silbernes Ornament schimmern, das diesen Lagerschuppen des Alters wie besessen umkreist. Carvalho fühlt sich aus einigen der Fenster beobachtet. Unvermittelt blickt er auf und sieht gerade noch ein Gesicht, das aus einem Fenster geschaut hat und sich schnell zurückzieht. Es gehört einem der Alten, die am aufmerksamsten beobachtet haben, wie er in den unvollständigen Aufzeichnungen des republikanischen Kommissars mit dem falschen Namen Gonzalo Céspedes gelesen hat.

«Weil wir heute den Namenstag der Mutter Oberin feiern, gibt es etwas Besonderes zum Frühstück.»

Die Nonne wartet, bis sich erwartungsvolle Stille unter den Alten im Speisesaal verbreitet hat.

«Schokolade mit *churros*!»

Beifälliges Gemurmel, oder, wo dies nicht der Fall ist, ein allgemeiner, nicht immer schmeichelhafter Kommentar.

«Na ja... Aber es hätte ruhig Sahne dazu geben können.»

«Abwarten! Vielleicht kommt sie noch.»

«Die geizigen Schwestern werden keine Sahne herausrücken! Die brauchen das Geld für Altarkerzen, oder um sich selbst den Bauch vollzuschlagen.»

Die Nonne erreicht den Tisch der schimpfenden Alten.

«Zufrieden?»

Die ganze Protesthaltung verschwindet, und der Giftigste von allen sagt: «Sehr, Schwester! Überbringen Sie der Mutter Oberin unsere Glückwünsche! Sagen Sie ihr, die heilige Gertrudis möge ihr ein langes Leben gewähren!»

«Gertrudis? Warum die heilige Getrudis?»

«Heißt sie nicht Gertrudis, die Mutter Oberin?»

«Sie heißt Leonor, wie oft muß ich das noch sagen? Los, wiederholt die richtige Antwort! Wie heißt die Mutter Oberin?»

«Leonor», antworten die Alten im Chor.

«Ausgezeichnet. Ich hoffe, ihr vergeßt es nicht wieder.»

Als die Nonne ihnen den Rücken zudreht, zwinkern die Alten einander zu, stoßen sich die Ellbogen in die Rippen und können sich kaum das Lachen verbeißen.

«Sie fällt jedesmal drauf rein!»

«Total.»

«Sie heißt Leonor. Los, im Chor! Wie heißt die Mutter Oberin?»

Hinter einer Jalousie verborgen, beobachten Carvalho und der Priester den Speisesaal des Altenheims, den der Dampf der heißen, dickflüssigen Schokolade erfüllt.

«Er sitzt dort am Tisch in der Ecke. Laß ihn nicht aus den Augen!»

Er ist ein alter Mann wie alle andern auch, aber er fällt auf durch seine Konzentration, seine Distanz zu dem, was im Speisesaal vor sich geht, seine Wachsamkeit eines Tieres auf fremdem Territorium. Er ißt, unterhält sich, nimmt Anteil, schaut sich aber beständig um.

«Ich will seinen Namen und alles, was ihr über ihn herausfinden könnt.»

Der Priester nickt.

«Ich glaube, er heißt Cosme. Die Nonnen werden ihn in der Kartei haben.»

Es ist ein blecherner Karteikasten, der Carvalho an eine Gefängnistür erinnert. Altes, grüngestrichenes Metall riecht nach Gefängnistür. Die Hände der Nonne sind wächsern, wächserne Gefäße für das blaue Geäst ihrer Adern. Sie wühlen im Karteikasten.

«Es gibt zwei Cosmes.»

«Unglaublich. Es klingt wie der Spitzname einer Comicfigur.»

«Lassen Sie mal das Foto sehen. Der da ist es. Cosme Galbán. Galbán mit *b* – sehr seltsam.»

«Der Fehler muß beim Abschreiben passiert sein.»

«Was steht da noch?»

Die Nonne liest die Daten vor.

«Er kam allein, brachte zweihunderttausend Pesetas mit, ist siebzig Jahre alt, verwitwet, und war früher Lehrer für Buchhaltung.»

«Kam er früher oder später als Don Gonzalo?»

Sie vergleicht die beiden Karten.

«Später.»

«Er kam allein, aber normalerweise werden doch Name und Adresse eines Angehörigen festgehalten, falls etwas passiert. Was hat er angegeben?»

«Nichts.»

«Sie nahmen ihn also ohne alle Angaben auf?»

«Angaben kann man nicht erfinden. Wenn er erklärt, daß er keine Angehörigen hat, was können wir dagegen tun?»

«Wir sollten einen Polizeibericht anfordern, aber vorher müßte geklärt werden, ob der Familienname mit *b* oder mit *v* geschrieben wird. Haben Sie keine Fotokopie des Personalausweises?»

«Nein.»

«Aber das ist doch kein Aufnahmearchiv! Das ist eine bodenlose Schlamperei!»

Das hat der Priester gesagt, nicht Carvalho, deshalb errötet die Nonne um so mehr und enteilt leichtfüßig mit gefalteten Händen und einem «Ich bin gleich wieder da!», um eigenes oder fremdes Versagen wiedergutzumachen. Sie läuft zum Gemeinschaftsschlafsaal und sucht Don Cosme Galbán oder Galván, findet ihn aber weder in seinem Bett noch in dem kleinen Zimmer, wo die Alten, die nicht schlafen können oder Angst haben, die letzten Reste des Fernsehprogramms verschlingen. Sie fragt nach ihm, bekommt aber als Antwort nur ein Schulterzucken oder ein gleichgültiges «Was weiß ich!». Im Badezimmer findet sie den Alten, er putzt sich mit peinlicher Sorgfalt das Gebiß, spült mit einem Schluck Wasser den Mund und prüft seine Zähne im Spiegel. Dann sammelt er seine Utensilien ein und packt sie in sein elegantes Necessaire. Er schlurft zum Schlafsaal und steckt sein Necessaire in das vorgesehene Fach im Schrank. Die Nonne erwartet ihn und fragt ohne Umschweife: «Don Cosme, bitte, schreibt sich Ihr Familienname mit *b* oder *v*?»

Der Alte zuckt kaum merklich zusammen. Er lächelt die Nonne an.

«Mit *v*, Schwester. Aber was ist denn in Sie gefahren? Wieso in aller Welt interessiert es Sie, wie mein Nachname geschrieben wird?»

«Ich bin im Sekretariat danach gefragt worden, es muß um Ihre Karteikarte gehen.»

Die Nonne geht. Blicke begegnen sich und bilden ein kommunikatives Dreieck. Der alte Cosme schaut zwei andere Männer an. Einer davon kommt zu ihm her und flüstert ihm ins Ohr: «Hau ab, sonst geht's dir an den Kragen!»

«Wir treffen uns in Prag.»

«Dazu ist keine Zeit. Heute nacht!»

Die Nonne kommt triumphierend zurück.

«Mit *v*!»

«Bestimmt?»

«Klar. Ich habe ihn selbst gefragt.»

Die Worte der Frau dröhnen in Carvalhos Ohren.

«Klar, das war doch das einfachste und sicherste.»

«Heiliger Himmel!»

«So kenne ich dich gar nicht, Carvalho. Der Himmel aus deinem Mund!»

«Jetzt brauchen wir keinen Polizeibericht mehr. Die Frage muß ihn überrascht haben, er ist gewarnt. Retten wir eben, was noch zu retten ist! Schwester, zeigen Sie mir, wo Galván schläft!»

Der Alte liegt schon im Bett. Carvalho läßt die Nonne im Schrank nachsehen, ob seine Sachen an der gewohnten Stelle hängen. Nein. Sie sind nicht da.

«Er liegt also in Kleidern im Bett, und heute nacht wird einiges los sein. Wenn ich nicht irre, wird er versuchen, das Heim zu verlassen, und wir müssen ihm folgen und das Ziel seiner Flucht herausfinden. Wie viele Ausgänge hat das Haus?»

«Sie sind nachts alle verschlossen, bis auf die Hauptpforte und die Tür zum hinteren Garten. Von dort aus kann man in den vorderen Garten gehen, und der grenzt mit dem Zaun an die Straße.»

«Wir müssen beide Ausgänge überwachen.»

«Aber Pepe, das ist alles viel zu überstürzt. In diesem Alter reagieren die Männer nicht mehr so schnell wie sonst. Ich glaube nicht, daß eins das andere bedingt. Er flieht, weil er schuldig ist – oder aber verängstigt. Hast du den Mut, die Antwort vorwegzunehmen?»

«Nein. Genau deshalb will ich ihm folgen. Er bietet uns den ersten Anhaltspunkt, und den will ich mir nicht entgehen lassen. Wir müssen uns auf die Ausgänge verteilen. Spielst du mit oder nicht?»

Carvalho bewacht die Tür zum hinteren Garten und der Priester die Hauptpforte. Um dem milchigen Mondlicht zu entgehen, haben sie sich hinter die Bäume zurückgezogen. Endlich geht die Hintertür leise auf, und der Kopf des Alten kommt zum Vorschein. Er schaut sich um und vergewissert sich, daß die Luft rein ist. Dann taucht sein Arm auf, der einen Koffer trägt, dem folgt der ganze Körper, und er geht entschlossen zur Straße. Carvalho rennt los und gibt flüsternd dem Priester Bescheid. Beide folgen dem Alten, dessen Gang energischer ist, als er im Heim gezeigt hat. Er geht die Straße entlang, auf die Lichter der Tankstelle zu, und die beiden Verfolger gehen langsamer, um nicht bemerkt zu werden. Der Alte spricht mit dem Tankwart, der Nachtdienst hat, und geht ans Telefon. Er führt ein Gespräch und kommt wieder heraus. Der Tankwart lädt ihn ein, drinnen Platz zu nehmen, aber der Alte schlendert lieber zwischen den Zapfsäulen umher oder geht direkt an der Straße auf und ab.

«Wir müssen eingreifen. Er wartet auf jemanden.»

Kaum gesagt, tauchen vom nächsten Dorf her die Scheinwerfer eines Autos auf. Carvalho läuft zur Tankstelle und ist fast gleichzeitig mit dem Auto dort.

«Hallo Sie! Warten Sie einen Moment!»

Carvalhos Ruf hat den Tankwart überrascht, nicht aber den Alten, der zu dem heranfahrenden Auto läuft und ihm winkt zu halten.

«He, Sie! Stehenbleiben!»

Der Tankwart sieht, wie ein Fremder versucht, einen alten Mann aufzuhalten, und vertritt ihm den Weg.

«Was hat Ihnen der arme alte Mann denn getan?»

«Was mischen Sie sich in Dinge ein, die Sie überhaupt nichts angehen?»

Carvalho versucht, ihm auszuweichen, aber der junge Mann packt ihn am Arm, so daß er das Gleichgewicht verliert und zu Boden fällt. Er schnellt hoch und versetzt dem Mann einen Stoß, der aber ist standfest genug, er packt ihn am Jackett und versucht, ihm einen Schlag zu verpassen. Schon hat der Alte das Auto angehalten und ist im Begriff einzusteigen. Carvalho ist es gelungen, sich von seinem Angreifer loszumachen, und er rennt auf das Auto zu. Der Alte hat den Schlag geöffnet und erwartet Carvalho mit merkwürdiger Ruhe. Auf der Fahrerseite reckt sich ein Arm mit einer Spraydose aus dem Fenster, die ihren Nebel Carvalho ins Gesicht sprüht. Der Detektiv versucht, sich mit den Händen zu schützen, hustet, verliert die Kontrolle über seine Bewegungen, und das Auto mit dem Alten an Bord fährt los.

Der Priester eilt zu dem am Boden liegenden Carvalho und richtet ihn auf.

«Was haben sie dir getan?»

«Es war eine Spraydose mit Tränengas.»

Der Tankwart, der hinter den beiden Männern steht, versucht sich zu rechtfertigen.

«Das konnte ich ja nicht wissen! Ich sah einen alten Mann und den Langen da. Sie hätten dasselbe getan, Pater.»

Die Scheinwerfer des Autos werden immer kleiner, bis sie schließlich verschwinden, und der Priester läuft zum öffentlichen Fernsprecher.

«Cosme Galván war ebenso ein falscher Name. Er ist nicht registriert. Es war ein Deckname.»

«Und das Auto?»

«Die Guardia Civil hat es nicht gesehen. Die Nacht hat es verschluckt.»

Carvalho liegt auf einer Pritsche, ein feuchtes Handtuch auf den Augen. Er legt es beiseite und steht auf. Seine Augen sind zwei gerötete Knöpfe.

«Man muß die Identität von allen überprüfen und dafür sorgen, daß währenddessen keiner das Heim verläßt. Wenn er es getan hat, muß er Helfer gehabt haben. In einem Schlafsaal wird keiner einfach so mir nichts dir nichts erstickt.»

«Das geht aber nicht, ohne die Polizei einzuschalten.»

Carvalho verzieht verdrossen das Gesicht.

«Du bist mein Klient. Dann trägst du die Verantwortung dafür.»

«Versteh doch, Carvalho! Die Sache ist eine Nummer zu groß für uns.»

«Ich weiß nicht, welche Größe du hast. Für mich ist sie noch nicht zu groß!»

«Aber letzten Endes wird die Polizei doch eingreifen müssen. Du hast den Leu geweckt. Jetzt gehört der Fall in die Hände der Gerechtigkeit.»

«Von welcher Gerechtigkeit redest du da? Ich beginne die Untersuchung eines Falles nie mit dem Gedanken, daß er schließlich und endlich doch in den Händen der ‹Justiz› landet. Wer ist denn das? Ein paar Beamte, die routinemäßig ihre Pflicht erfüllen, so, wie man eben eine Pflicht erfüllt. Sie schauen nicht genau hin. Sie haben keinen menschlichen Blick. Sie agieren mit Schlägen, entweder mit der Faust oder mit Paragraphen. So ein Ende interessiert mich nicht. Ich bringe meine Geschichten selbst zu Ende und übergebe sie dann meinen Klienten. Moralische oder soziale Sanktionen sind nicht meine Sache.»

«Es ist weder die Zeit noch der Ort, um über die Berechtigung von Sanktionen zu diskutieren. Was willst du tun?»

«Ich mag keine halben Sachen. Ein Hase ist entwischt, aber es sind noch Kaninchen da. Man muß sie aus der Reserve locken und ein Klima der Verunsicherung schaffen.»

In wenigen Minuten herrschte im Heim der Ausnahmezustand. Keiner durfte ohne Erlaubnis der Oberin das Haus verlassen oder ohne Aufsicht telefonieren, außerdem mußte jeder am nächsten Tag im Sekretariat seinen Personalausweis vorlegen.

Carvalho und der Priester warten im Halbdunkel des Büros der Oberin. Der Priester meint, das sei verlorene Zeit. Carvalho raucht seine «Cerdán», und die exakte Symmetrie der Glutspitze beruhigt ihn, der einzige leuchtende Punkt in der fortschreitenden Dämmerung, in der der feuchte, muffige Geruch des großen Hauses immer stärker wird. Man hört Geräusche vom Ende des Flurs. Feste Schritte nähern sich. Die Tür geht auf, und eine Nonne tritt ein, deren Augen sie vor etwas warnen wollen. Die Warnung ist zwecklos. Hinter ihr treten zwei alte Männer ein. Einer hält eine Pistole in der Hand, der andere hält den Arm der Nonne im Polizeigriff. «Sie brauchen wegen dieser Kleinigkeit doch nicht so Theater zu machen.»

Eine eigenartige Ruhe beherrscht die Züge des Alten, der nun das Wort ergreift. Er fuchtelt nicht wie ein Greis mit der Pistole, er bewegt sie wie ein Mörder.

«Haben Sie die Güte, sich mit dem Gesicht an die Wand stellen zu wollen! Und du durchsuchst sie!»

Sie gehorchen und werden durchsucht. Der Alte fördert eine Pistole aus Carvalhos Schulterhalfter zutage.

«Eigentlich sind wir nicht mehr die Richtigen für solche Mätzchen, das müssen wir zugeben. Wir haben zuviele Details übersehen, aber wir haben der Gerechtigkeit Genüge getan, nach langen Jahren. Es war uns eine Freude, echt geil, wie man heute sagen würde, nicht wahr, Brüder?»

«Klar, Mozart.»

«Aha, die letzten Überlebenden von ‹Durch Einheit zur Wahrheit›.»

Der Alte mit der singenden Stimme lächelt über Carvalhos Wissen.

«Es gibt noch mehr. Nicht sehr viele, aber genug, um eine langsame, gnadenlose Verfolgung eines Verräters durchzuführen, der unsere Ehre in den Schmutz getreten hat.»

«Ist er mit der Vereinskasse getürmt?»

«Viel schlimmer: mit unserer Ehre.»

«Nach mehr als vierzig Jahren bringt ihr jemanden um wegen einer Frage der Ehre?»

«Nicht nur deshalb. Der Verräter bezahlte 1938 seinen Passierschein zum Verlassen Spaniens mit dem Schweigen über schmutzige Repressalien. Wir schworen, daß er dafür teuer bezahlen würde, aber legal, sobald die Legalität der Republik wiederhergestellt sein würde. Dies ist nicht geschehen, und vielleicht hätten wir alles vergessen, wenn nicht die Geschichte in Puerto Vallarta passiert wäre. Gonzalo Céspedes, das heißt Juan Malfeito Carande, war unter falschem Namen nach Mexiko geflüchtet und hatte ein

Vermögen gemacht. Wir waren auf der ganzen Welt zerstreut. Einige von uns lebten wieder in Spanien, andere waren ebenfalls nach Mexiko gegangen. Mozart VI. hatte das Pech, in Mexiko auf Céspedes zu stoßen. Dieser erkannte ihn nicht, wir aber hatten jahrelang an dem Bild des Verräters gearbeitet, ihm Zeit und Falten hinzugefügt, damit uns sein Aussehen im Gedächtnis blieb. Mozart VI. organisierte eine Überwachung des Verräters, während er auf Befehle der Zentrale wartete. Man sagte ihm, er solle ihn leben lassen, ihm aber einen gehörigen Schrecken einjagen. Das tat er auch. Der Verräter flehte um sein Leben, log und beteuerte zunächst, seine Flucht sei eine saubere Sache gewesen, und dann, er habe sich in einer Zwangslage befunden, es sei um sein Leben gegangen. Unser Genosse verließ ihn so, wie er war, ein ausgebranntes Wrack. Aber er gab keine Ruhe. Er heuerte ein paar Killer an und ließ unseren Genossen in Puerto Vallarta ermorden, und zwar während seiner Silbernen Hochzeit vor den Augen der Ehefrau. Wir schworen, ihn zu rächen, wir zogen langsam die Schlinge zu, bis die Situation für ihn unerträglich wurde und ihm seine Kinder zu einer Luftveränderung rieten, bis Gras über die Sache gewachsen wäre. So kam er in dieses Altersheim für Bedürftige, er, der Multimillionär, der ‹Butterkönig›, wie er in Mexiko hieß. Hier spürten wir ihn auf und übten Gerechtigkeit.»

Carvalho, immer noch mit dem Gesicht zur Wand, stellt sich die blutrünstige Szene vor. Die Alten drücken auf das Kissen, historischer Haß verzerrt ihre Gesichter, der andere versucht umsonst zu verhandeln, er ist am Ende erstickt unter der blinden Schönheit des Mondes, der immer noch am Himmel hängt, als Carvalho zum Fenster hinausschaut. Derselbe Mond sieht auch zu, wie eine Abteilung bewaffneter Zivilgardisten aufmarschiert und das Altersheim umstellt, während vom Innenhof her würdevollen Schrittes die Oberin naht, gefolgt von einem Häuflein erschreckter Nonnen. Sie begeben sich zu dem Raum, wo Carvalho und der Priester als Geiseln gehalten werden, und die Oberin rauscht herein im Vollgefühl des Rechts, das ihr die Herrschaft über dieses Haus verleiht.

«Sie da, los, hören Sie endlich auf, Gangster zu spielen!»

Sie streckt die Hand aus und schließt dabei die Augen, als sei es nicht nötig, hinzusehen, was geschehen würde. Die beiden Alten wechseln unsichere Blicke, schließlich liegt die Pistole in der Hand der Oberin.

«Nehmen Sie, Schwester! Unsere Mission ist erfüllt.»

Die Oberin sitzt in Gedanken versunken da, während Carvalho auf und ab geht und eine Erklärung herunterbetet. Die andern Anwesenden sind die leitenden Nonnen, der Priester und ein höherer Dienstgrad der Guardia Civil.

«Die Memoiren Juan Malfeitos sind stimmig, bis er sich gezwungen sieht, sein eigenes Vorgehen zu fälschen. Der Hergang der Dinge war anders, als er sie erzählt. Bei der Ankunft in dem Dorf bei Cartagena mag er versucht haben, die Vorfälle aufzuklären, aber er stand unter dem Druck der lokalen Autoritäten, die entschlossen waren, die Sache zu vertuschen. Also ging er lieber einen Kuhhandel ein und tauschte sein Schweigen gegen einen Passierschein und ein Schiff, mit dem er das Kriegsgebiet verließ. Den Rest kennen Sie. Ein vierzig Jahre auf Eis gelegter Haß und ein schlechtes Gewissen, das zum Verbrechen führt. Vierzig Jahre später, als alle schon im Begriff sind, vom Leben Abschied zu nehmen. Kaum zu glauben! Jetzt müssen wir die wirklichen Angehörigen benachrichtigen.»

«Sie haben sich schon bei mir gemeldet, nachdem sie das Foto ihres Vaters in einer mexikanischen Zeitung entdeckt haben.»

Das war die Oberin, und alle wenden sich ihr zu.

«Der Sohn ist unterwegs. Er ist schon im Bilde.»

«Auch über den Verrat seines Vaters?»

Diese Frage stammt von dem Priester.

«Dafür werden Sie oder die Presse schon sorgen. Diese verrückten alten Männer haben den Ruf unseres Hauses ruiniert.»

«Sie haßten wie junge Leute. Das ist alles», sagt der Priester.

Carvalho und sein Freund gehen in den Innenhof. Die üblichen Grüppchen, die übliche Routine der zum Tode Verurteilten, die gierig die letzten Sonnenstrahlen einsaugen, die letzten sehnsüchtigen Düfte von den winterlichen Feldern. Und wieder kommt die Nonne, um sie zu rufen, um das Glöcklein zu läuten.

«Zum Essen! Zum Essen!»

«Was es heute wohl gibt?» fragt einer der Alten seinen Gefährten auf dem mühseligen Weg.

«Scheiße, wie immer», lautet die Antwort. Der Anblick dieses zornigen Gesichts prägt sich Carvalho ein. Das letzte Bild einer Welt, die er sich schon seit seiner Kindheit genauso vorstellt, wie sie ist. Wird das mein Gesicht in fünfzehn oder zwanzig Jahren sein? Wer wird mehr Wohlwollen gegenüber einer Welt verlangen können, die mir entgleitet, in der ich meine Rolle spielen muß für junge Leute mit aufgeschobenem Alter, die mir fremd sind in der erdrükkenden Übermacht ihrer Jugend?

«Mit siebzig kann sogar ein *oreiller de la Belle Aurore* wie Scheiße schmecken, Biscuter!» würde er ein paar Tage später zu seinem Faktotum sagen.

Auf dem Schreibtisch liegt immer noch der geöffnete Brief von Victorino, und der Absatz verlangt, ein viertesmal gelesen zu werden, der die Geschichte und die Untersuchung tatsächlich zu Ende bringt:

«Don Gonzalos Sohn war hier im Heim. Er war erstaunt, als er alle Einzelheiten der Geschichte seines Vaters erfuhr. Nein, er ist nicht der Junge auf dem Foto. Der Junge auf dem Foto starb in den vierziger Jahren an Tuberkulose. Don Gonzalo hat in Mexiko wieder geheiratet, und aus dieser zweiten Ehe ging wieder ein Sohn hervor. Er schien sich über die Geschichte seines Vaters und der andern Alten sehr zu amüsieren. Er fand sie verrückt und stiftete eine große Summe, damit die Alten einmal eine besonders gute Mahlzeit bekommen. Welches Menü schlägst du vor?»

Scheiße, dachte Carvalho; aber er schrieb: «Hähnchen, mit Pflaumen gefüllt, und zum Nachtisch *mantecadas de Astorga*. Fiesta und Vaterland, Victorino, Fiesta und Vaterland!»

Die Vergangenheit kennt keine Gnade

Biscuter ging mühsam die Treppe hinauf, die zum Büro seines Chefs, Privatdetektiv Carvalho, führte. Der Korb war viel zu groß für solch einen kleinen, fetten embryoartigen Körper! Plötzlich ließ die eine Hand den Korbhenkel los, um sich fluchend an die Stirn zu schlagen.

«Ich habe den Porree vergessen!»

Vor sich hinbrummelnd, ging Biscuter die Treppe hinauf.

Sogar das Selleriesalz habe ich gekauft. Und dann vergesse ich den Poree! Wie soll ich denn eine *Vichysois* ohne Porree hinkriegen? Es scheint so, als ob mein Kopf nicht so viele Sachen behalten kann.»

Der Kopf Biscuters war ein wesentliches Element bei dem mühsamen Treppensteigen, ein voranschreitender, schwankender Wächter seines Körperchens. Und es war dann auch dieser Kopf, der zuerst das Paar wunderschöner gekreuzter Frauenbeine unter der Wölbung eines kurzen Minirocks wahrnahm, die zu einem auf den Stufen sitzenden Mädchenkörper gehörten. Die Frau sah Biscuter neugierig an.

«Carvalho?»

«Nein, Biscuter. Der Chef kommt gleich. Ich war einkaufen.»

«Sind Sie sein Diener?»

Biscuter räusperte sich und beendete den Aufstieg mit größerer Geschwindigkeit, so als sei der Korb jetzt leichter.

«Ich bin, wie man sagen könnte, sein Mann des Vertrauens.»

Die Frau sah sich Biscuter von oben bis unten an und sagte wie zu sich selbst:

«Das muß schon ein sehr vertrauensvoller Mann sein.»

Biscuter hatte keine Hände frei, um die Tür zu öffnen und der Dame höflich eine Sitzgelegenheit anbieten zu können. Ohne genau zu merken wie, waren die Taschen im Nu in die Hände der Frau übergewechselt. Er war dabei, die Tür zu öffnen, und hatte das unbestimmte Gefühl, daß etwas eingetreten war, was so nicht hatte eintreten dürfen. Schließlich ging er, von ihr gefolgt, hinein. Nun war sie es, die es kaum mit allem, was sie trug, schaffen konnte.

«Wenn Sie mir behilflich wären, ginge alles leichter.»

Nun hatte Biscuter endlich den Grund seiner eigenen unerklärlichen Unruhe begriffen. Er ging zurück und wußte sich weder mit Gesten noch Worten zu entschuldigen und gleichzeitig die Unbekannte von der schwerwiegenden Last zu befreien. Der fette Knirps versuchte, schnell sein inneres Gleichgewicht und damit das Verhalten eines königlichen Generalsekretärs wiederzugewinnen. Er zeigte sich voller Verständnis für die Zeiteinteilung der Dame und bot an, ihren Fall zu notieren. Die Ankunft Carvalhos war nicht voraussagbar. Der Chef hatte nämlich gestern einen höllischen Tag hinter sich gebracht.

«Wir arbeiten gerade an einem Fall, der es in sich hat. Die Franzosen haben die Geheimpläne für die Olympischen Spiele in Barcelona gestohlen, und der Bürgermeister hat verzweifelt um Hilfe gebeten. Mein Chef verabredet den ganzen Tag lang ein Treffen nach dem anderen mit den hohen Tieren...

Oh, Chef! Ich habe gerade mit dieser Dame über Sie gesprochen.»

Carvalho sah sich immer die Frauen von oben bis unten an. Und zwar einmal wegen des Rechts der Jugend auf Gleichberechtigung, welches ihn zwang, ihr direkt ins Gesicht zu schauen, und zum anderen aufgrund der Zugeständnisse an seine Männlichkeit, die er sich selbst in dem Maße, wie er älter geworden war, gestattet hatte. Aber diese Frau verdiente wirklich einen Blick von oben bis unten.

«Ist das deine Kusine, Biscuter?»

«Meine Kusine? Seit wann habe ich denn eine Kusine?»

Die Frau lächelte wie ein Boxer, der seinem Gegner in der dritten Runde den entscheidenden Schlag versetzen will. Sie gehorchte brav, als Carvalho sie aufforderte, Platz zu nehmen. Gleichzeitig schickte er Biscuter in die Küche.

«Sie können reden. Aber wenn Sie nichts sagen, ist es mir auch recht. Ich habe im Moment alles, was ich brauche.»

Er kannte sich selbst nicht wieder. Es war schon eine Zeit her, daß eine Frau ihn in Atemnot geraten ließ.

«Ich will Sie nicht aufhalten. Ich kann mir vorstellen, wieviel Arbeit es bedeutet, die Pläne den Franzosen wieder abzujagen.»

«Hat Ihnen Biscuter von den Franzosen erzählt? Sie haben Glück gehabt. Er hatte erst kürzlich unser Kontingent an Scheinaufträgen auf den neuesten Stand gebracht. Zum einen gibt es da die Olympischen Pläne und zum anderen die Juwelen von Isabel Preysler.»

«Von dem zweiten weiß ich nichts.»

«Laut Biscuter sind Isabel Preyslers Juwelen gestohlen worden, und sie hat mich beauftragt, sie zu suchen. Wer weiß, was Ihnen verlorengegangen ist?»

«Mein Großvater.»

Sie sagte dies ganz unvermittelt und ebenfalls im leicht frivolen und spielerischen Ton der bisherigen Unterhaltung, senkte aber plötzlich, als ob sie es bereute, den Kopf und rekonstruierte den zeitlichen Hergang ihres Erlebnisses.

«Mein Großvater ist gestorben.»

«Mein herzliches Beileid. Woran?»

«Laut gerichtsmedizinischem Gutachten an einem Herzanfall.»

Angesichts zweier Tassen Mokka und einer nicht unerheblichen Menge von Croissants und Madeleines kommen sich eine Frau und ein Mann leicht näher, obwohl Mokka eigentlich keine aphrodisierende Wirkung haben soll und Croissants eher eine äußerst lebhafte Erinnerung an Kindheit und Sonntagmorgen hervorrufen.

«Wenn der Gerichtsmediziner gesagt hat, daß es eine Herzattacke war, besteht kein Grund zu zweifeln.»

Carvalho sprach, ohne in das Gesicht der Frau zu sehen, sondern zog es vor, auf die wie Fühler aus dem kurzen silberfarbigen Nappalederrock herausgestreckten Beine zu blicken. Das Gesicht schien wie konserviert, vielleicht um die entwaffnende Unschuld mädchenhafter Gesichtszüge zu vertuschen.

«Ja, das ist logisch. Mein Großvater hat viel im Leben gelitten. Er war ein republikanischer Soldat. 1939 ist er ins Exil gegangen und ließ meine Großmutter mit zwei Kindern zurück. 1946 kam er heimlich zurück und lebte im Untergrund, bis er sich 1952 in dem Glauben stellte, daß ihm nichts passieren würde. 1960 haben sie ihn schließlich aus dem Gefängnis entlassen. Ein zerstörtes Leben! Meine Großmutter starb, ohne ihn in Freiheit wiedergesehen zu haben. Seine Kinder konnten ihm diese Entscheidung niemals verzeihen. Sie haben ihm immer vorgeworfen, daß er seine politischen Ideen seinen familiären Pflichten vorgezogen hat. Aber er war kein trauriger alter Mann. Er war jemand, der das Leben liebte und das Herz eines Stieres hatte.»

«Stiere sterben auch an Herzattacken.»

«Es gibt Dinge, die passen nicht, Señor Carvalho. Ich habe ihn oft besucht oder ihn angerufen, wenn ich wegen einer Reise nicht kommen konnte, egal ob es nun Bangkok oder Beirut war.»

«Sind Sie im Drogen- oder Geldgeschäft tätig?»

«Ich bin Reiseleiterin.»

«Welche Dinge passen nicht zusammen?»

«Seltsamerweise ist es während einer für mich länger als gewöhnlich andauernden Reise passiert. Wir waren dabei, ein sehr umfangreiches Angebot für Touristen von Nordaustralien aus vorzubereiten, ein wunderschönes Fleckchen Erde, fast unerschlossen. Ich war einen Monat lang nicht in Spanien, und als ich zurückkam, war mein Großvater tot. Zweimal habe ich von Canberra aus angerufen, das kann ich durch die Hotelrechnungen belegen, und man sagte mir, daß ich ihn nicht sprechen könne. Einmal war er auf dem Landsitz meiner Tante Jacinta, das andere Mal war er krank.»

«Zwei sehr glaubhafte Umstände für einen Mann um die achtzig.»

«Nichts Glaubhaftes. Meine Tante kann ihn nicht ausstehen. Nur zum Weihnachtsessen hat sie sich die Mühe gemacht, ihn einzuladen, da sie ja dann die ganze Familie einlädt. Was ihn betrifft, er legte sich nicht hin, wenn er krank ist. Und man kann doch wohl noch telefonieren, selbst wenn man krank ist. Hinzu kommt, daß ich ihn von dem anderen Ende der Welt aus angerufen habe.»

«Sie haben Ihren Großvater sehr geliebt.»

«Er ist einer der wenigen Männer, die ich bewundert habe.»

«Leben Sie von Ihrem Mann getrennt?»

«Jungfrau.»

«Sieh da, Sie sind Feministin.»

«Vielleicht. Auf jeden Fall habe ich das Unglück gehabt, Tochter eines dummen Duckmäusers und Enkelin eines großartigen Mannes zu sein.

«Lebt Ihr Vater?»

«Er vegetiert.»

«Was sagt er zu dem Tod Ihres Großvaters?»

«Dasselbe wie meine Tante Jacinta. Sie unterscheiden sich nicht.»

«Aber einmal abgesehen von dem dummen Verdacht über die Einladung seitens Ihrer Tante und über das nicht zustande gekommene Telefonat, was gibt es noch für Beweise?»

«Das hier.»

Das Mädchen reichte ihm eine Taschenuhr aus Gold, die, wie es schien, das Greisenalter in sich zu tragen schien. Carvalho öffnete sie, und auf dem Zifferblatt erschien ein gefaltetes Stückchen Papier.

«Lesen Sie, was darauf steht.»

Carvalho faltete das Papier auseinander und näherte seine Augen einem mit zittriger Hand verfaßten kurzen Schreiben.

Diesmal werden sie mich fertigmachen, Teresa. Aber Du wirst mit ihnen fertig werden. Die Geschichte gehört Dir.

«Teresa bin ich.»

«Das dachte ich mir.»

«Mein Großvater hat mir immer, außer anderen Sachen, schönen Schmuck meiner Großmutter und all so etwas, und eben diese Uhr versprochen. Als ich nach dieser Uhr fragte, haben sie sie mir gegeben. Ich habe sie geöffnet, und da tauchte das hier auf.»

«Das Papier ist nicht so alt wie die Uhr, wenn nicht sogar relativ neu.»

«Das sehen Sie?»

«Wie interpretieren Sie den Text?»

«Es geht um irgendeine Bedrohung. Das kann eine familiäre oder politische Drohung sein. Das nehme ich wegen des letzten Satzes an.»

«Ich nehme an, daß Ihr Großvater nicht viel mit Politik im Sinn hatte.»

«Bis in die Haarspitzen. Er gehörte einer Partei an, die immer noch die Republik ausrufen will.»

«Hatte er Geld?»

«Er nicht. Aber meine Großmutter war sehr reich, und es bleibt noch viel übrig. Jetzt erben meine Tante und mein Vater. Sie haben es bitter nötig. Mein Vater kann nicht einmal mehr den Mitgliedsbeitrag für den Golfclub del Prat aufbringen.»

«Ein Golfvater! Wie interessant.»

«Ich kann nichts Interessantes daran finden, ob er weiter Golf spielen kann oder nicht. Ich finde es äußerst langweilig.»

«Golf kann dermaßen tödlich langweilen. Darin liegt der geheime Zauber dieses Sports.»

Das Schlimmste, was einem menschlichen Wesen passieren kann, ist, daß er sein Leben bestreitet und denkt, daß er noch nicht genügend Lorbeeren verdient hat, um Mitglied eines Golfclubs zu werden. Im Falle Carvalhos war es so, daß er nicht nur den Verdacht hegte, niemals zu einem Golfclub zugelassen zu werden, sondern noch nicht einmal die Schwelle eines Tennisclubs übertreten durfte. Vielleicht legte er deshalb ein übertrieben hartes Auftreten an den Tag, als er verlangte, sofort zu Don Felipe Alvarez de Entería geführt zu werden. Der Empfangschef sah ihn mit einem abschätzenden Blick an, was nicht gerade zu einem guten Ergebnis führte. Carvalho trug weder Krawatte noch Halstuch, das braune Jackett harmonierte sehr offenkundig nicht mit der graumelierten, nicht übermäßig gut gebügelten Hose. Dessen ungeachtet war der Empfangschef ein Profi und zeigte auf dem Plan Don Felipes Aufenthaltsort.

«Er spielt auf der Bahn A-West. Sie können dorthin gehen, aber wenn Sie es wünschen, fahren wir Sie in einem Wagen dorthin.»

Normalerweise verließ sich Carvalho immer auf seine eigenen Beine, erbat sich aber diesmal einen Wagen. In dem Augenblick, als sich der Apparat in Bewegung setzte und von einem Jugendlichen gelenkt wurde, der ganz und gar in Grün gekleidet war, das mit dem Rasen konkurrieren konnte, bedauerte Carvalho seine Entscheidung. Während der Fahrt hatte Carvalho das Gefühl, daß er auf einer Sensationsmaschine aus Disneyland ritt, und er fühlte sich, als er aus dem Feuerstuhl stieg, in einer minderwertigen Verfassung gegenüber der unfreundlichen und zweifelhaften Figur Don Felipes.

«Ich komme wegen der Sache mit Ihrem Vater. Ich sagte es Ihnen schon am Telefon.»

«Ich sehe überhaupt keine Notwendigkeit für eine Untersuchung. Mein Vater ist tot und begraben.»

«Sagen wir mal, ich forsche nach, weil Ihr Vater eine Versicherungspolice besaß. Und da muß es schon eine formelle Untersuchung geben. Dazu gehören Fotos, Berichte. Eben so ein ganzes Paket.»

Don Felipe ging immer weiter, wenn der Caddie ihn rief und ihm den Ball oder Schläger gab, die Aufmerksamkeit fest auf den abgenutzten, gelben Ball gerichtet, der drauf und dran war, sich auf einen albernen Flug über das grüne Meer zu begeben.

«Meine Schwester, meine Schwester, das ist eben meine Schwester.»

Don Felipe sah aus wie Ludwig XX., falls es einen solchen in Frankreich gegeben hat. Carvalho hielt vier Löcher mit einsilbigen und ungeduldigen Ausbrüchen aus, weil Ball und Schläger heute nicht ihren Tag hatten und somit nicht die Höhe der Erwartungen Don Felipes erreichten. Er nutzte eine Pause, um einen Drink zu sich zu nehmen und sich den Schweiß mit einem Tuch abzuwischen.

«Es gibt etwas, was uns nicht überzeugt bei diesem Tod.»

Ein Teil des Drinks schien beinahe aus den Nasenlöchern des gebräunten Golfspielers herausspritzen zu wollen.

«Was meinen Sie mit diesem Etwas, das Sie nicht überzeugt? Gibt es Todesfälle, die überzeugen, und andere, die das nicht tun?»

«Es scheint so zu sein, weil Ihr Vater nicht in der Stadt, sondern in einem Landhaus gestorben ist.»

«In dem Haus meiner Schwester Jacinta. Er war nicht mehr in dem Alter, für sich selbst sorgen zu können, und Dolores, seine Haushälterin, war etwa genauso alt wie er. Wir haben ihn von Dolores abgeholt. Sie lebt jetzt wie eine Dame in einem Altersheim, und wir haben meinen Vater mit in Jacintas Haus genommen.»

«Lebt Ihre Schwester immer auf dem Land?»

«Nein, aber man muß bedenken, daß es für meinen Vater mit seiner Bronchitis und allem, was damit zusammenhängt, besser auf dem Lande war. Es ist ein sehr komfortables Haus, das in San Miguel de Cruilles, im Ampurdàn, liegt.»

«Kann ich es besichtigen?»

«Einfach so, oder weil es sein muß?»

Don Felipe war so aufgebracht, daß er Carvalhos Kopf wie einen Golfball betrachtete.

«Ohne Fotos geht nichts», erklärte Carvalho liebenswürdig wie zum Abschied.

«Sie verstehen, daß ich einen vollständigen Bericht abgeben muß, so vollständig wie irgend möglich.»

«Für mich ist Ihr Bericht wenig wert.»

Bei dieser Äußerung war die Stimme sehr beherrscht gewesen, das mußte man anerkennen.

«Aber vielleicht die Erlöse, die Sie aus der von Ihrem Vater unterschriebenen Police erhalten werden.»

«Wieviel?»

«Fünfundzwanzig Millionen.»

Der Golfschläger wurde in seinem Schlagwinkel innegehalten und verharrte dann eine Handbreit vor dem Ball. In diesem Moment hob Don Felipe seinen Kopf und versuchte, einen Satz zu formulieren, der die Aufgeregtheit seiner Stimme nicht verriet.

«Mich interessiert das Geld nicht. Sprechen Sie mit meiner Schwester. Sie ist diejenige, die weiß, was zu tun ist.»

Der Typ solcher Frauen kam als Welle deutscher Filme in den fünfziger Jahren nach Spanien.

Gewöhnlich waren es Frauen zwischen 50 und 60, Herrinnen ihrer Häuser, anderer Häuser und Leben, kantig, aber immer so angezogen, als würden sie gleich den Bürgermeister empfangen, Frauen mit verhärtetem Mund, der aus Koketterie fünfzig Jahre lang geschminkt wurde und voller Warzen war.

Doña Jacinta prüfte Carvalho und stufte ihn in die Klasse der Elektriker oder Klempner mit Abitur ein, die aber nie die notwendige Vornehmheit hatten, so daß man sie als Gleichberechtigte empfangen würde.

«Ich unterhalte mich selten, weil ich eine Menge Dinge zu tun habe.»

«In unserem Unternehmen nennen sie mich Pepe, den Schnellen. Es tut mir leid, wenn ich Ihnen Mühe bereite. Ich werde mich bemühen, es so kurz wie möglich zu machen.»

«Wenn Sie es nicht schaffen, werde ich dafür sorgen. Nur keine Bange! Ich bin nicht auf den Mund gefallen.»

Liebeswürdigkeit war auch nicht eine der hervorragendsten Eigenschaften von Doña Jacinta Alvarez de Enterría. Während des gesamten Besuchs verspürte Carvalho, daß sich alles mit der Möglichkeit abspielte, jeden Augenblick von den Lakaien auf die Straße geworfen zu werden. Er vermutete allerdings, daß die einzige Bedienstete Doña Jacintas das philippinische Mädchen war, das ihm die Tür geöffnet und ihn in den Salon geführt hatte. Der Raum hing voll mit Gemälden von Ramòn Casas und war vollgestellt mit zwei Flügeln und Flakons, die, wie Carvalho vermutete, mit in Schnaps eingelegten Trüffeln gefüllt waren, sich aber als Nierensteine herausstellten, die Doña Jacintas Großvater aus den berühmtesten Nieren des Landes herausgeholt hatte.

«Dieser hier stammt von Präsident Macià, der zwar nicht Separatist, so doch Oberst war. Mein Großvater hatte nichts mit Politik im Sinn. Er war verantwortungsbewußter als mein Vater.»

Dieser Kommentar gehörte zu dem liebenswürdigen Teil der Unterhaltung. Kurz darauf, als Carvalho anfing, die Todesumstände des ehemaligen republikanischen Kämpfers in Zweifel zu ziehen, verwandelte sich Doña Jacinta in eine komische, zornige Sopranistin aus einer Zarzuela und hatte dabei die Arme in die Seite gestemmt.

«Sonderbar was? Mit was will der Alte uns nach seinem Tod noch ärgern? Konnte er nicht einmal normal sterben?»

Cholerische Geschwister, dachte Carvalho, während er traurig den Kopf schüttelte wegen der unternommenen Anstrengungen. Als er aber entschied, daß der Zorn Doña Jacintas die Grenzen der Toleranz überschritten hatte, versetzte er der Armlehne des Sessels einen Faustschlag.

«So, nun Schluß mit dem Gequatsche. Entweder ich kann untersuchen, oder die Versicherung zahlt nicht. Weniger Rhetorik, und zur Sache! Ich möchte gerne in die Räume, in denen Ihr Vater gelebt hat, und vor allem in den Raum, in dem er gestorben ist. Wenn es Ihnen nicht paßt, wenden Sie sich an diese Adresse, fragen Sie nach diesem Herrn und sagen Sie ihm, daß Sie es vorziehen, die Millionen Peseten zu verlieren und das Andenken an Ihren Vater in Frieden zu lassen.»

«Stellen Sie sich nicht so an. Mein Bruder hat mich über die Versicherungspolice informiert, ich habe sie überall gesucht und sie nicht gefunden.»

«Suchen Sie gut.»

«Haben Sie keine Empfangsbestätigung oder Kopie bei sich?»

«Ich arbeite in der Dienststelle gegenüber der Gesellschaft. Die Policen haben die Vertreter. Ich rufe Sie in der Zentrale an.»

«Wie heißt die Gesellschaft?»

«Aseguradora Universal S. A.»

Carvalho brauchte zwei Tage, bevor er einen Plan ausgeheckt hatte. Ein Freund Teresas arbeitete bei der Telefonvermittlung und war bereit, sich eher umbringen zu lassen als zuzugeben, daß er nicht der Empfangschef der Aseguradora Universal S. A. sei, und vorzutäuschen, daß die Policennummer des Herrn Alvarez de Enterría vierundfünfzigtausendzweihundertdreiundsechzig sei. Die Police müßte dann schnell besorgt werden. Die Früchte jedoch müßten dann schon reif sein, sonst würde der Baum mit seiner ganzen Last auf Carvalhos Schultern stürzen.

Wer sich an einen guten Baum lehnt, den bedeckt er von oben.

Das war das weise Sprichwort, an das er sich erinnern konnte.

Seit einer Stunde war Biscuter dabei, in seiner winzigen Küche zu arbeiten, entschlossen, eine Mahlzeit zubereitet zu haben, bevor Carvalho mit einem Drang, der an diesem Morgen jugendlich kraftvoller als sonst zu sein schien, zur Tat schreiten würde. Biscuter hatte gelernt zu erkennen, daß es unter den professionellen und routinemäßigen Untersuchungen Carvalhos einige gab, an denen er mit Haut und Haar, notfalls auch mit seinem eigenen Blut, arbeitete. Fälle mit alten Menschen regten Carvalho dazu an. Es handelte sich vielleicht um eine vorsorgliche Solidarität oder eine Warnung der Zukunft. Außerdem hatte er mit Teresa am Telefon geredet. Es sollte ein Treffen in dem vermeintlichen Empfangsbüro der Aseguradora Universal S. A. stattfinden.

«Wenn der Plan auffliegt, wird es Ihrem Freund schlecht ergehen.»

«Keine Sorge. Das ist das Büro seines Vaters, ein wichtiger Mann der Stadt. Es wird nichts passieren. Und das Telefon läuft außerdem auf seinen Namen.»

Carvalho blickte auf einen Stadtplan über seinem Schreibtisch. Dabei erreichte ihn das Geschrei Biscuters aus der Küche, die sich genau zwischen seinem Büro und der Toilette befand.

«Endlich! Die *Vichysois*! Wenn ich nicht den Porree vergesse, dann eben das Selleriesalz.»

Biscuter erschien voller Triumph mit einer großen Schüssel mit der weißen Suppe.

«Schön erfrischend und mit frisch geschnittener Petersilie.» Carvalho war in Gedanken versunken, reagierte dann aber doch und sagte: «Das rieche ich, Biscuter, aber ich muß gehen.»

«Aber sie ist doch fertig.»

Carvalho schnupperte an der Suppe. Er probierte sie mit einem Holzlöffel, den Biscuter ihm gereicht hatte.

«Es fehlt weißer Pfeffer.»

Biscuter schlug die Hände über dem Kopf zusammen.

«Hab ich es nicht gesagt! Wird es lange dauern, Chef?»

«Ich geh zu den Nonnen. Vergiß nicht den weißen Pfeffer.» Vor den Nonnen traf er jedoch Teresa und ihren Komplizen, ein dünner, bläulich aussehender Jugendlicher, der Schwierigkeiten hatte zu atmen, zweifellos auch zu leben; der jedoch seine Verschwörerrolle mit Enthusiasmus spielte.

«Zunächst hat meine Tante angerufen, und ich habe ihr die Komödie so vorgespielt, wie wir es besprochen hatten. Dann hat sie den Anwalt verlangt, und ich habe sie mit Teresa verbunden, als sei sie die Sekretärin des Geschäftsführers.»

«Und ich habe ihr gesagt, daß der Herr Geschäftsführer sie erst in drei Tagen empfangen könne, da er wegen Bürgschaften in der Schweiz verhandelt. Habe ich das gut gemacht?»

«Die Schweiz zu wählen war ausgezeichnet. Das ist eines der sichersten Länder der Welt.»

«Wenn Sie wollen, erzähle ich Ihnen eine Anekdote aus der Schweiz.»

«Die mag ich am liebsten.»

«Ich lebte eine Zeitlang in Genf, als ich aus dem Internat kam. Ich arbeitete als Übersetzerin und Dolmetscherin für die UNESCO. Jeden Morgen brachte ich meine Mülltüte heraus und bemerkte allmählich, daß meine Nachbarn mich mit einer gewissen Abscheu musterten. Ich glaube nicht, daß mein Müll übelriechender war als ihrer. Ihre Tüten standen dort ja auch, um von der Müllabfuhr abgeholt zu werden. Schließlich wurde es mir zu bunt, und ich sprach meine Nachbarin an. Was ist los mit Ihnen? Dabei stellte sich heraus, daß all ihre Mülltüten schwarz waren, meine dagegen cremefarben. Unglaublich! Cremefarben! Und das nur wegen des Mülls! Und dabei habe ich nicht einmal etwas falsch gemacht, denn immerhin werden in der Schweiz Mülltüten in zwei Farben hergestellt: schwarz und cremefarben.»

Carvalho schlug ihr vor, weitere Geschichten aus der Schweiz während des Mittagessens zu erzählen. Aber sie wollte vorher noch das Einverständnis des Telefonisten abwarten. Der Junge brachte vermehrt Speichel hervor, und Carvalho ließ Teresa bei dem zitternden Kranken zurück.

Durch den Kreuzgang des Klosters ging mit kurzen Schritten eine Nonne, die Carvalho um so jünger einschätzte, je mehr sie sich ihm näherte. Die Nonne blieb schweigend vor Carvalho stehen, und der Detektiv rang sich ein «Gegrüßet seist du, Maria» ab, was Verwirrung in den schönen, vom Glauben besänftigten Augen stiftete. Verwirrung und Schweigen.

«Zu meiner Zeit grüßte man Nonnen so, und sie entgegneten ‹In Reinheit empfangen›.»

Die Nonne begann zu lächeln und berührte mit einer Hand ihren Mund. Sie erschrak und ließ ihren Blick abschweifen, um nicht den Carvalhos ertragen zu müssen.

«Entschuldigen Sie, aber ich war überrascht. Heute sagt man das nicht mehr.»

Carvalho zuckte mit den Schultern, als ob er den verhängnisvollen Lauf der Zeit akzeptiere. Die Nonne machte eine halbe Drehung, und Carvalho folgte ihr durch den Kreuzgang. Das Mädchen holte aus irgendeiner Falte ihres Rockes ein schweres Schlüsselbund hervor und öffnete das Portal zu einem Saal, in dem völlige Leere herrschte. Es folgte Portal auf Portal, Saal auf Saal, überall dieselbe Leere, die auch nicht durch einen einzelnen strengen, breiten Holztisch aufgehoben werden konnte. Während sie Carvalho vorbeiließ, bat sie ihn inständig:

«Überanstrengen Sie sie bitte nicht. Dolores ist sehr altersschwach und kann kaum noch sprechen. Sie hört nur, was sie möchte, und antwortet selten.»

Und da saß Dolores in einem Rollstuhl. Sie erinnerte ein wenig an ein lahmes Insekt inmitten eines in jeder Hinsicht überdimensionalen Saales. Die Greisin hatte schütteres weißes Haar, war halb aus dem Rollstuhl herausgerutscht, zeigte jedoch einen sehr lebhaften, nervösen Ausdruck in den Augen ebenso auf den Lippen, die zittrig und vom Speichel glänzten.

«Sie haben Besuch, Señora Dolores. Sehen Sie, wie nett dieser Herr ist?»

Dolores zuckte mit den Schultern.

«Und wie gut ist unser Herrgott, daß er sich an Sie erinnert und Ihnen Besuch sendet.»

Nochmals zuckte die Alte mit ihren Schultern und beobachtete mit ihren Äuglein Carvalho.

«Er ist gekommen, um über Ihren Herrn, Don Ricardo, zu sprechen, den Gott zu sich genommen hat.»

Dolores' Augen wurden scharf, richteten sich wie Stilette auf Carvalhos Gesicht. Ihre Schultern zuckten, weil sie zucken müssen, und sie ist nicht mehr in dem Alter, um anders ausdrücken zu können, daß sie das alles einen Kehricht schert, dachte Carvalho. Dabei setzte er ein komplizenhaftes Lächeln auf. Und sie wußte, daß sie eine Hauptrolle spielte, schloß die Augen und tat, als ob sie schlief.

«Sie ist sehr schlau. Jetzt tut sie so, als ob sie schläft. Aber, Señora Dolores, in Wirklichkeit schlafen Sie doch nicht, oder?»

Die Nonne kitzelte sie, und Señora Dolores lachte wie ein kleines Mädchen, ohne allerdings die Augen zu öffnen. Die Nonne deutete Carvalho wie einem Komplizen eine Geste der Machtlosigkeit an.

«Ich kenne sie. Das ist heute nicht ihr Tag. Ich möchte nichts weiter sagen.»

Carvalho beugte sich hinunter, bis sich sein Gesicht in Höhe desjenigen der schlafenden Alten befand.

«Möchten Sie mir nichts über Don Ricardo erzählen?»

Da wimmerte Dolores und wandte sich an die Nonne:

«Ich bin gut, Schwester. Ich betrage mich gut. Ich möchte nicht, daß man mir etwas tut.»

«Wer sollte Ihnen etwas antun? Was sind das nur für Sachen?»

Wieder zeigte sich diese Verschlagenheit im Gesicht der Alten. Carvalho murmelte ihr ins Ohr:

«Don Ricardo.»

Die Alte antwortete.

«Ein Heiliger!»

Carvalho murmelte noch einmal.

«Seine Kinder. Doña Jacinta.»

Da antwortete die Alte, ohne zu zögern.

«Eine böse Nutte!»

Dann konnte man die Unterredung als beendet betrachten, weil sie sich wieder schlafend stellte und schnarchte. Die Nonne hatte eine Hand vor den Mund genommen.

«Oh, welch schreckliche Ausdrücke. Ich werde Sie sühnen lassen müssen, Senõra Dolores. Sie bekommen nicht das Stück Kuchen, das ich Ihnen versprochen habe.»

Die schlafende Alte zuckte mit den Schultern, ohne jedoch mit dem Schlafen aufzuhören. Die Nonne bat Carvalho hinauszugehen, drehte ihm den Rücken zu, wies ihm den Weg hinaus, während sie zunächst aber noch feststellte:

«Sie ist undankbar. Und das bei der Güte, die Doña Jacinta und ihr Bruder ihr haben zuteil werden lassen. Das ist das Alter. Sie sagen einfach das erstbeste, was ihnen in den Kopf kommt.»

Kurz vor dem Abschied runzelte sie die Stirn:

«Die Oberin hat mir gesagt, daß sie Doña Jacinta daran erinnern muß, daß seit drei Monaten die Pension von Señora Dolores nicht geschickt worden ist. Wir werden sie nicht wegjagen. Aber Vereinbarung ist Vereinbarung.»

Der Wecker klingelte, und der nackte Arm Carvalhos kam aus der Decke heraus, auf der Suche nach der schrillen Kehle. Die Hand schien eher den Wecker erwürgen zu wollen, als auf den Knopf zu drücken. Wie spät ist es? Eine weibliche Stimme aus den Bettüchern fragte.

«Acht.»

«Acht?»

Mit Entrüstung und brüskem Aufrichten tauchte Charos bis zur Taille entblößter Körper auf.

«Glaubst du, daß das die Zeit ist, um sich in die Welt zu begeben?»

«Ich mache einen Ausflug.»

Auf dem zum Vorschein gekommenen Gesicht war wie auch auf ihren Brustwarzen, Verblüffung und Verwirrung zu erkennen.

«Ich bin nicht in meinem Haus.»

«Nein, du bist in meinem», sagte Carvalho, als er aus der Dusche kam.

«Um vier gehen wir ins Bett, und du stehst um acht auf. Du bist verrückt.»

Charo tauchte in den Laken unter. Nach einer Weile erschien ein Auge, und sie schrie:

«Vergiß nicht die Feldflasche.»

Die Geschwister Alvarez de Enterría warteten vor dem Steinbruch auf ihn. Carvalho sah sie in der Ferne diskutieren und setzte ein erzürntes Hundegesicht zum Empfang auf. Er hatte von ihnen verlangt, an einem Tag die Stadtwohnung Don Ricardos und den Landsitz, wo er gestorben war, zu besichtigen. Don Felipe konnte ein internationales Golfturnier, das am folgenden Tag im Golfclub von Sant Cugat stattfinden sollte, nicht auslassen, und Doña Jacinta gab irgendwelche metaphysischen Beschäftigungen vor, nach deren konkretem Inhalt Carvalho nicht zu fragen wagte. Die Stadtwohnung Don Ricardos befand sich in der Rambla de Catalunya, an einer breiten Treppe, wo der Modernismus die Statue einer jungen Göttin mit einrahmendem Blumenhaar zu Füßen der Stufen zurückgelassen hatte, die zu einem Fahrstuhl hinaufführten, von dem es heißt, daß er aus Anlaß irgendeines russischen Zarenbesuchs in Barcelona erbaut worden war. Der Fahrstuhl bewegte sich gemäß seiner Altertümlichkeit nach oben und trug sie hinauf in eine Wohnung, in der bequem zwei Familien Unterkunft hätten finden können. Der statistische Mittelwert, sich dort im Flur zu treffen, lag unter einmal pro Jahr. Es waren aber nur drei oder vier Zimmer bewohnbar, die auf einen Innenhof des Ensanche gerichtet waren, der charakteristische Ausblick bei Wohnungen wohlsituierter Familien: Jalousien, Pavillons, gläserne Treibhäuser, gekachelte Palmentöpfe mit einem intensiven Grün, historische Gitter, die Balkone zu sein schienen oder Abgrenzung zwischen den Innenhöfen und Bepflanzungen des riesigen romantischen, verwahrlosten, abgeschiedenen Gemeinschaftsgartens; alles in einer Stadt, die nicht mehr das war, was sie war. Carvalho konnte vor der Besichtigung die Ungeduld der Geschwister beobachten, und als Räuspern ihnen nicht half, fragte Doña Jacinta endlich, warum er wie gelähmt sei.

«Dieser Anblick des Inneren dieser Ensanche-Gebäude bewegt mich immer zutiefst.»

«An einem anderen Tag können Sie ja gerne zutiefst bewegt sein, heute aber sind unsere Termine dicht gedrängt.»

«Warum hat Ihr Vater den Teil zum Wohnen ausgewählt, der auf den Innenhof gerichtet ist?»

«Was weiß ich! Vielleicht weil es ruhiger war, weil der Straßenlärm nicht bis hier hinauf reichte oder weil er sich hier sicher fühlte. Eher versteckt.»

Es gab drei Möglichkeiten: entweder mochte Doña Jacinta keine alten Menschen oder keine ängstlichen alten Menschen, oder sie mochte keinen Menschen außer sich selbst. Carvalho neigte zu der dritten Möglichkeit und ging, gefolgt von Doña Jacinta, durch die drei Zimmer, die Augenzeugen der letzten Jahre des *Maulwurfs* gewesen waren: ein Schlafzimmer mit einem Art deco-Ehebett und einem englischen Schrank, der karg wie eine presbyterianische Cocktail-Party wirkte, ein Raum nur mit Büchern und einem breiten, aber leichten Pinienholztisch auf zwei Füßen, ein althergebrachtes Badezimmer, das nun mit Traurigkeit und Vergeßlichkeit beschmutzt war, eine Küche, in der in den letzten zehn Jahren wenig gekocht worden war, dann Dolores' Zimmer, das nicht viel besser war als das, was sie jetzt im Kloster bewohnte. Die Bibliothek enthielt größtenteils gebundene Ausgaben: Die Moderne war bis auf die Philosophen zwischen den Kriegen, einschließlich Ortega y Gasset und Bertrand Russell, unterrepräsentiert. Vier oder fünf Anzüge hingen in den Schränken, alte Hemden in den Schubladen. Ein halbes Dutzend von Strumpfhaltern, ausgeleierte Socken, breite Krawatten, drei Paar Hosenträger.

«Bei so vielen Büchern hat er sich das Leben und das Augenlicht verdorben.»

«Er hatte den Kopf voll mit Literatur.»

«Weniger lesen und mehr leben.»

«Die eigene Mutter wurde zur Märtyrerin.»

«Er konnte lateinisch sprechen und griechische Bücher lesen.» Die beiden Geschwister ließen sich nach Herzen in einem Doppelmonolog aus, der an die Wechselgesänge der verschiedenen Personen aus Opern und Zarzuelas erinnerte. Carvalho störte der Krach zutiefst, da dieser verhinderte, daß er sich in die noch verbliebene Intimität der Wohnatmosphäre Ricardo Alvarez de Enterrías hineinversetzen konnte.

«Soll das der Abgesang sein?»

«Er besaß auch eine Uhr, die er meiner Nichte versprochen hatte.»

«Sie haben eine Nichte?»

«Er hat eine Tochter. Dagegen ist es nicht so sicher, ob es wirklich meine Nichte ist.»

«Er war kein Potentat.»

«Wenn man bedenkt, daß er ein vermögender Mann war, hat er doch recht bescheiden gelebt. Das muß man schon zugestehen.»

«Um so besser für die Erben.»

«Wenn meine Mutter länger gelebt hätte, hätten wir mehr geerbt. Sie war ein wertvoller Mensch.»

«Mama war ein Luchs.»

«Ein Hamster.»

Schwester und Bruder fuhren fort, sich über dic Tierart zu einigen, der ihre Mutter zuzuordnen war, während Carvalho die Wohnung durchwühlte, Schubladen und Türen öffnete, bis er auch den Toilettenpapierhalter des Badezimmers mit hohen Wänden und einem Dachfenster untersucht hatte, das sich bis zur Sandsteinfassade des Innenhofes hin öffnen ließ.

«Haben Sie etwas weggenommen?»

«Nein. Nicht einmal die Leibwäsche. Sie werden sie gesehen haben. Er hat sich kaum Unterwäsche geleistet. Er war sehr sorgfältig und hat Anzüge von vor dem Krieg aufbewahrt. Bis 1939 trug er ausschließlich Militärkleidung.» Don Felipe versuchte, nostalgisch zu werden.

«Er sah sehr gut aus.»

«Wenn man dazu bedenkt, welcher Sache er gedient hat.»

«So wie es aussieht, betrachten Sie, Señora, Kriege so, daß sie immer gewonnen werden müssen.»

«Wenigstens sollten sie nicht verloren werden.»

Dabei war der Kopf nach hinten gebogen, ein Kartoffelkopf, dessen Gesicht mit Warzen übersät war.

Die Geschwister wiesen eine schwerfällige Ungeduld auf, eine völlig überflüssige Ungeduld. Carvalho überging das Gefühl von Eile, das die beiden vermittelten, eine Eile und innere Unruhe, um dann doch letztendlich feststellen zu müssen, daß sie nichts machen konnten, nichts denken und sich vorstellen konnten. Sie gaben alle möglichen Arten von Anspielungen von sich, damit Carvalho so schnell wie möglich seine Durchsuchung beenden möge, und sei es, daß sie vorgaben, nichts von ihm wissen zu wollen. Sie holte ein Kartenspiel aus einer überdimensionalen Krokodilledertasche heraus und fing an, Patiencen zu legen. Er schaltete einen alten Schwarzweißfernseher ein, der in der Küche war, um sich stumpfsinnig das Geflimmer der Lichtstreifen und -punkte zu betrachten, die dazu gezwungen waren, einen irgendwo außerhalb des Bildschirmes liegenden Ausgang zu finden. Carvalho lief durch die leeren Räume. In einem hingen noch einige mit Reißzwecken befestigte vergilbte Fotografien auf der Tapete: eine von Francos Grab, eine von Einstein, Roosevelt mit Frau und eine von Manuel Azaña bei einer Versammlung in einer Stierkampfarena in Valencia, wie auf der Rückseite zu lesen war. Es gab keine Ecke, die er nicht untersucht hatte. Nicht der Ansatz einer Spur! Carvalho widmete sich mit Vergnügen einer umfassenden Lektüre zum besseren Verständnis der Jugendjahre dieses Lebens: die wichtigsten Erinnerungen an die republikanischen Hoffnungen und an den Bürgerkrieg. Als Carvalho in die Wohnräume zurückkam, war Don Felipe in seinem Stuhl eingeschlafen, und die Frau setzte eilig zu einer Geste an, als ob sie weiterhin in ihre Patience vertieft wäre. Carvalho hatte eine ständige, bösartige Verfolgung verspürt, wie durch den Schatten der Schlüsselfigur in «Rebecca», der auf den Spuren der armen Joan Fontaine war.

«Was mich betrifft, so können wir gehen.»

«Das wurde auch höchste Zeit. Von hier bis San Miguel de Cruilles brauchen wir mindestens anderthalb Stunden mit dem Auto.» Es gab ein kurzes Hin und Her wegen des Autos, das man zur Fahrt nach San Miguel de Cruilles benutzen sollte. Carvalho bestand auf seinem eigenen, um gegebenenfalls ein Restaurant auswählen zu können und sich nicht dem voraussichtlich schlechten Geschmack der Geschwister unterwerfen zu müssen.

«Wir könnten an der Autobahn halten und uns etwas zu essen kaufen.»

«Ernähren Sie sich etwa mit Benzin?»

«Nein, aber für mich gibt es da schon etwas zu essen.»

«Für mich auch.»

«Wir könnten Sandwiches mit etwas gutem Schinken essen. Die machen sie gut an der Autobahn. Ich habe schon einmal ausgezeichnet bei La Marqueta de la Bisbal gegessen: Schnecken mit Ziegenfleisch und Kabeljau mit Roquefort.»

«Was sind das denn für Barbareien: Schnecken mit Ziegenfleisch?»

«Die Ziege ist eine Art fast leerer Taschenkrebs, der an der Küste des Ampurdàn als Geschmacksverstärker verwendet wird.»

«Kabeljau mit Roquefort? Hatte der Kabeljau Würmer?»

«Es ist eine gute Idee, die sich Savalls, der Besitzer des Restaurants hat einfallen lassen. Ein phantasievoller Mensch!»

«Schrecklich, Kabeljau mit Roquefort!»

Er ließ die beiden Geschwister vor einem Glas Drambuie beziehungsweise Rum sitzen, um bei Savalls essen zu gehen. Eine halbe Stunde später kam er wieder aus La Marqueta heraus, an Leib und Seele gestärkt und bestens informiert über das, was man sich so über Doña Jacinta und ihren verstorbenen Mann erzählte, ein Richter ohne bedeutsames Vermächtnis, der nicht die Zeit gefunden hatte, die alte Villa von San Miguel wiederherzustellen, da er von einem Ducati 750 cm^3 überfahren worden war, als er die Straße wegen der Morgenausgabe des *Correo Catalàn* überqueren wollte. Es war ein unglücklicher Umstand, da der *Correo Catalàn* an diesem Tag, dem 20. November 1975, erschien, ohne doch darüber zu informieren, daß Franco gestorben war. Sie war damit die einzige Zeitung der Welt, die die Nachricht nicht rechtzeitig herausgebracht hatte. «Der Ärmste. Er hatte es im Radio gehört und wollte sich vergewissern.»

Das erklärte Doña Jacinta, als Carvalhos Auto vor dem grünen Metallportal des Landsitzes anhielt. Don Felipe öffnete es keuchend, und Carvalho stellte den Wagen auf den Steinfliesen ab, die auf einem gutgemähten Rasen ausgelegt waren. Der Pfad führte zum Portal eines offensichtlich restaurierten Hauses, dessen Fassade zur Hälfte durch eine mächtige Bougainvillea verdeckt war. Nachdem Carvalho eingetreten war, ging er durch das durch die Renovierung geschändete Haus, in dem ein Stall zu einem Wohnzimmer umfunktioniert und ein Arbeitszimmer zum Nichtarbeiten auf dem Strohspeicher eingerichtet war. Don Nicolàs war auf jenem Thonetbett gestorben, und vielleicht galt sein letzter Blick einem Notenständer, der als Regal für die wenigen Bücher diente, die zweifellos nach Gewicht anläßlich einer Verlegenheitsversteigerung des Corte Inglès gekauft worden waren.

«Was ist dahinter?»

«Ein kleiner Raum, den mein Mann als Versteck hinter dem Schrank gebaut hatte. Dort hatten wir die elektrische Alarmanlage untergebracht, damit man uns nicht die Gemälde nach Ende der Sommersaison stiehlt. Das Haus ist oft unbewohnt, und die Putzfrau kommt das ganze Jahr über nur zweimal die Woche aus dem Nachbardorf.»

Carvalho ging zu dem Schrank und begann, die Tür des Zimmers für einen Ludwig XX. zu öffnen, der aufgrund der Verdauung eines Sandwiches mit Dauerwurst aus dem Saisonausverkauf verdrossen wirkte. Carvalho tastete automatisch die Wand mit den Fingerspitzen ab, und sogleich fielen seine Augen auf eine Inschrift, die mit einer Metallspitze vorgenommen worden war, vielleicht mit der Spitze eines Schlüssels:

Diesmal werden sie mich fertigmachen.

Carvalho sah durch ein vergittertes Fenster hinaus, durch den Anblick des Weges angezogen, der in den Wald hineinführte, so als ob er direkt vor dem Fenster anfing oder dort endete. In diesem Moment sah er den großen, derben Mann mit roten Haaren, schwerer Hornbrille und so dicken Gläsern, daß die Augen in einem tiefen Meer versunken schienen. Der Mann gab ihm ein Zeichen, eine versteckte Gebärde, doch näher zu kommen. Dann kam er jedoch bis an das Fenstergitter und berührte mit seinen dicken Lippen das Gußeisen, um zu murmeln:

«Glauben Sie nichts von dem, was die Ihnen hier erzählen. Das sind böse Menschen. Don Ricardo hat ihnen nicht vertraut.»

Mit einem Finger bat er Carvalho, aus dem Haus herauszukommen, um sich mit ihm ein Stück weiter weg auf dem Weg zu treffen. Dabei wies die ausgestreckte Hand des Mannes in Richtung auf den Waldrand. Carvalho ging wieder zurück, traf auf die beiden Geschwister, die sich schweigend und mit gelangweilten Mienen in den Sesseln des Salons gegenübersaßen, ohne sich jedoch anzusehen. Es war so, als ob sie auf das Aufbruchsignal warteten.

«Ich gehe mir ein bißchen die Beine vertreten.»

«Wo wollen Sie sich denn hier die Beine vertreten?»

Der versöhnliche Ton Doña Jacintas klang dermaßen gezwungen, daß er die ganze angestaute Aggressivität erkennen ließ.

«Ideal dazu ist ein Weg, und ich habe einen vom Fenster aus gesehen.»

«Begleite du ihn. Der Herr kennt sich hier in dieser Gegend doch nicht aus.»

«Ich? Wieso?»

Der in Gedanken versunkene Golfer wurde wach und erfaßte nicht den Grund der verkrampften und andeutenden Gesten seiner Schwester.

«Danke, aber ich kann allein gehen.»

Dabei ließ er ihnen keine Zeit, ihr Einverständnis abgeben zu können. Als Carvalho schon im Garten war, sah er die beiden immer noch hinter der Scheibe gestikulieren. Doña Jacinta machte sich aggressiv über ihren Bruder her, der sich in Unkenntnis der Ursache und verschlafen verteidigte.

Carvalho suchte den Weg, der von dem Gitterfenster wegführte, und folgte ihm bis zum Waldrand. Aus dem Innern des Waldes hörte er leise Worte, und als er daraufhin weiter hineinging, sah er den rothaarigen Riesen, der hinter einer Korkeiche hervorsah.

«Sind sie Ihnen gefolgt?»

«Warum sollten sie mir folgen?»

«Es würde mir nicht gefallen, wenn ich die treffen müßte. Vor allem wegen ihr. Sie werden sehen, ich bin ein seltsamer Kauz.»

Carvalho beruhigte ihn, und dann bemerkte er in den dicken Gläsern den Grund des offensichtlichen Augenschadens. Sie waren nämlich außerdem noch zerbrochen.

«Ich stamme nicht von hier. Ich bin aus Barcelona. Aber eines schönen Tages hatte ich genug vom Geldverdienen, das doch nie genügte, und ich bin in dieses Dorf gekommen. Ich bin mit Sack und Pack, Kind und Kegel ins Nichts gegangen. Nicht alle haben das verstanden und mich als komischen Kauz angesehen. Vor allem Leute wie Doña Jacinta und ihr Bruder, die wie Blutegel sind. Sie ernähren sich von Blutgeschwülsten.»

«Was haben Sie gemacht, bevor Sie sich mit diesem Kloster eingelassen haben?»

Carvalho fragte ihn das, während er auf die Umrisse des Dörfchens zeigte.

«Ich war Informatikspezialist, einer der ersten, der in diesem Land damit angefangen hat zu arbeiten. Ein Ibeemes-Spezialist, wie man das nennt.»

«Und jetzt?»

«Ich gebe ein paar Stunden Unterricht. Kleine Jobs erhalten mich aufrecht. Meine Frau macht das gleiche. Aber ich bin glücklich. Ich lebe in einer Welt ohne Wände, Aufpasser und Uhren, die dir die an deinen Chef zu verkaufende Zeit anzeigen. Der Alte hat das verstanden. Das war ein wirklich toller Typ! Ich habe ihn in die Geheimnisse des Waldes eingewiesen, da, wo die Pilze stehen. Und dann die Frettchenbauten. Diese Albinoiltisse sind außergewöhnlich und schnell. Noch haben die Bauunternehmer, Gott sei Dank, ihre Bauten nicht zerstört.»

«Waren Sie gute Freunde, Don Ricardo und Sie?»

«Immer wenn er kam, hat er mich aufgesucht, und wir haben uns unterhalten, immer den Weg auf und ab gehend. Ich philosophiere gerne, und er hörte gerne zu. Niemals habe ich auch nur den leisesten Anschein von Reue in seinen Augen lesen können.»

«Ich verstehe.»

«Ich bezweifle, daß Sie das verstehen. Die Menschen hier sind gut, aber sie vertrauen Worten nicht.»

«Das scheint mir eine weise Gewohnheit zu sein.»

«Mir aber gefällt es zu sprechen.»

«Das merke ich.»

Es war ein trauriger Riese, der Carvalho den Waldweg wies.

«Als Don Ricardo kam, um zu sterben, haben Sie ihn da gesehen?»

Der Riese verharrte schweigend und ging dann langsam zurück. In seinem Gesicht war eine Verschlagenheit zu erkennen und der Ausdruck eines zufriedenen Jägers, so als ob Carvalho etwas getan oder gesagt hätte, worauf er gewartet hatte.

«Nein, niemand hat ihn gesehen, nur als er schon tot war.» Die Augen des Riesen glitten jetzt über Carvalhos Gesicht hinweg auf der Suche nach dem Haus, nach den beiden Geschwistern, nach einer geahnten dramatischen Schäbigkeit. Die Stimme des Riesen klang so wie die letzten Töne aus einem gerade abgeschalteten Radio.

«Übrigens, zur Beerdigung erschien nicht einmal die Señorita, mit der er manchmal kam, um das Wochenende hier zu verbringen.»

«Seine Enkelin. Die war auf Reisen!»

«Nein, nicht seine Enkelin, die andere.»

«Die andere? Hat die andere einen Namen?»

«Hat sie.»

«Kennen Sie den?»

«Ja, den kenne ich.»

Die Lippen blieben lange verschlossen, bis Carvalhos Andeutungen kühner geworden waren und sich fast in direkte Fragen verwandelt hatten. Er begann, das einsame Leben des Alten zu schildern, die Notwendigkeit, unter derartigen Umständen den Personen gegenüber, die Rücksicht auf einen nehmen, freundlich zu bleiben. Das kann jeder selbst jeden Tag feststellen. Es existiert ein sozialer Rassismus gegenüber alten Menschen. Man spricht mit ihnen wie mit Dummköpfen oder Kindern. Man legt ihnen Entbehrungen von Wünschen und Frustrationen auf, die allen anderen menschlichen Wesen gestattet sind. Er glaubte schon fast, Don Felipe weichgeklopft zu haben, der verwundert den einfühlsamen und verständnisvollen Schilderungen des Versicherungsagenten zuhörte. Doña Jacinta teilte jedoch nicht seine Ausführungen bezüglich der klugen Rücksichtnahme.

«Wenn er allein war, dann, weil er es wollte. Er machte mit seinem Leben immer das, was er wollte, und langsam hat er uns das der anderen madig gemacht. Ich werde niemals vergessen, was mir in den vierziger Jahren passiert ist. Das war der Zeitpunkt, zu dem eine Señorita in die Gesellschaft eingeführt werden sollte, um den Platz einzunehmen, der ihr gebührte. Und wegen seines verfluchten politischen Vorlebens lebten wir wie Aussätzige.»

«Ich spreche von den letzten Jahren. Hat Don Ricardo niemals den Wunsch gehegt, sich wieder zu verheiraten?»

«Heiraten?»

Carvalho störte das Gelächter, das dem der typischen Schurken in Hollywoodfilmen ähnelte, und Doña Jacintas Gelächter schien der Gipfel in der Geschichte aller bösen Sarkasmen im nordamerikanischen Kino zu sein. Entweder sie verstellte sich sehr gut oder war nicht imstande, sich das letzte Liebesstöhnen ihres Vaters vorzustellen. Die beiden Geschwister hatten aufgehört, ihn zu interessieren, und er setzte sie in Barcelona ab, um sich dann den Hinweisen widmen zu können, die der riesige Rotschopf ihm gegeben hatte. Ein Erdgeschoß in einer kleinen Straße am hinteren Ende der Plaza de Lesseps. Alles entsprach der Szenerie eines Verlagshauses: überall Bücher, Schreibmaschinen, ein Kommen und Gehen kurzsichtiger Leute, die sich ihre Brille mit dem Finger zurechtrückten, und die Stille rationalisierter Geistesarbeit. Von einem der hinteren Tische stand eine Frau auf und näherte sich Carvalhos Standort jenseits der Stirnseite des Empfangs, wo eine Telefonistin hin und wieder den Hörer abnahm, um ihren Spruch herunterzuleiern.

«Verlag Cumbres Mayores, Sie wünschen?»

Es war eine teils jung, teils reif erscheinende Frau mit schlankem, geschmeidigem Körper, ohne Büstenhalter und einer feministischen Art, den männlichen Freibeuter anzusehen, geschützt durch das Feministinnensymbol, das in ihrem Ausschnitt hing.

«Was wünschen Sie?»

«Mit Ihnen sprechen. Haben Sie einen Augenblick Zeit?»

«Nein, das hier ist eine Kulturfabrik. Man muß die Zeituhr zu Beginn und am Ende stechen. Man kann nur weggehen, wenn beispielsweise der Ehemann gestorben ist.»

«Wenn der Geliebte gestorben ist, nicht?»

«Das werde ich vorschlagen, wenn wir darüber diskutieren. Folgen Sie mir!»

Es gab einen Miniempfangssalon für Minibesuche. Carvalhos Knie berührten die der Frau, als sie sich einander gegenüber hinsetzten. Viel mehr Platz blieb auch nicht zwischen ihren Gesichtern.

«Sind alle kulturellen Arbeitsverhältnisse so beschränkt?»

«Es ist nicht viel mehr Raum als dieser hier übriggeblieben.»

«Sehr anregend.»

Sie schien eine Frau zu sein, die nicht über viel Sinn für Humor verfügte, und im nächsten Augenblick bemerkte sie, daß sie keine Zeit verlieren wollte.

«Ich komme in der Angelegenheit des Todes von Don Ricardo.» Bemerkte er den Schreck in ihren Augen oder vielleicht nur einfach Neugier?

«Sie haben mit ihm Wochenenden in dem Landhaus in Gerona verbracht.»

«Manchmal.»

«Kulturelle Motive?»

«Natürlich. Ich befragte ihn über seine Geschichte, und wir haben uns geliebt. Das eine wie das andere sind Formen der Kultur.»

«Welcher Art von Geschichte widmen Sie sich?»

«Wenn Sie es so wollen, so widme ich mich der mündlich überlieferten Geschichte. Das heißt, ich sammle direkt Zeugnisse von Personen, die in einer bestimmten Epoche gelebt haben. Ricardo war ein *Maulwurf*. Ich nehme an, daß Sie das wissen.»

«Mündlich überlieferte Geschichte. Und von der mündlichen Geschichte sind Sie dann übergegangen zur Liebe... orale?»

«Das war unsere Sache. Überrascht es Sie, daß ich mit einem Siebzigjährigen geschlafen habe?»

«Sehr viel Ältere, sogar Achtzigjährige würden mit Ihnen noch schlafen.»

«Ich muß ja sehr aufregend sein, wenn Sie mir das unterstellen.»

«Daran zweifle ich nicht.»

«Ricardo war ein wunderbarer Mann und ein anständiger Liebhaber. Ich bin dabei, eine Arbeit über die Unterdrückung unter Franco zu schreiben, und das Kapitel über die ‹Dunkelmänner› birgt große Schwierigkeiten in sich.»

«Wie hat man Sie über seinen Tod unterrichtet?»

«Es vergingen zwei Tage. Mich hat keiner informiert. Schließlich rief ich an, und diese braune Bestie von Tochter hat es mir gesagt.»

«Wußten seine Kinder, daß Sie und der Alte kulturelle Beziehungen hatten?»

«Nein.»

«Die Enkelin?»

«Weniger.»

«Warum weniger?»

«Weil der einzige Beweis bürgerlicher Herkunft, den Ricardo bewahrt hatte, war, daß seine Enkelin nicht von uns erfahren sollte. Das war auch nur logisch. Er war verliebt in sie.»

«Mein Kompliment, Don Ricardo!»

Die Frau sah ihn an. Sowohl in ihren Augen als auch in ihrer Stimme bemerkte er die Ironie, als sie sagte:

«Es könnte mir gefallen, über all dies mit Ihnen in dreißig Jahren zu reden, wenn Sie so achtzig und ein paar Zerquetschte sind. Oder so ähnlich! Sicher werden Sie dann dankbar für ein Treffen mit einer Frau wie mir sein.»

«Ich bin eine nicht sehr interessante Person. Bei mir lohnt sich auch nicht die Geschichte. Auch nicht die mündliche.»

«Ist es so unbedeutend, wenn man miteinander schläft?»

«Wenn ich Ihnen sage, daß es mir gar nichts bedeutet, Sie in meinem Bett zu haben, werden Sie das wohl als eine Dummheit ansehen.»

«Ich habe nichts anderes von Ihnen erwartet.»

«Dann sind die Dinge klar.»

Es bestand ehrliche Sympathie zueinander.

«Woran ist Don Ricardo gestorben?»

«Am Herzen. Das hat seine Tochter mir gesagt.»

«Glauben Sie das?»

«Warum nicht? Gibt es etwas, warum man es nicht glauben sollte?»

Carvalho sah auf einen Ehering, den die Frau um ihren Finger drehte.

«Verheiratet?»

«Getrennt. Aber diesen Ring hat mir Don Ricardo geschenkt. Er wollte mich heiraten. Ich habe nein gesagt.»

Carvalho stand auf und stieß seinen Kommentar in die Luft.

«Sie haben den Mann als Objekt benutzt!»

«Das können Sie so sagen.»

Als er bereits in der Tür stand, klang die Stimme der Frau zittrig:

«Sagen Sie es bitte nicht seiner Enkelin. Das würde mir wie Verrat an dem Alten vorkommen.»

Teresa hatte ihm im Büro eine dringende Botschaft hinterlassen: *Der Staubwedel hat uns gesehen*. Carvalho begab sich sofort in die Wohnung des bläulichen Jungen. Da saßen die beiden Komplizen, von der Situation niedergeschlagen. So sehr sie Carvalho herbeigesehnt hatten, so sehr bestürmten sie ihn jetzt, als ob er der einzige wäre, der den Hauptschlüssel zu ihrem Kerker besaß.

«Meine Tante weiß bereits, daß die Versicherungsgesellschaft nicht existiert. Sie hat vor drei Stunden angerufen und gesagt, daß sie die Polizei einschalten wird.»

«Ausreichend Zeit, daß sie jetzt schon hier sein müßte.»

«Die Wahrheit ist, daß wir dachten, als Sie klingelten und die Sprechanlage betätigten, daß das die Polizei sei. Zunächst hatte sie den Anwalt sprechen wollen. Ich hatte jedoch diesmal einen leisen Verdacht, weil auf einmal sehr direkte Fragen über die Gesellschaft und den Geschäftsführer kamen. Dann hat sie schließlich darauf bestanden, mit der Direktion verbunden zu werden, um persönlich erscheinen zu können. Luis hat dann so getan, als ob die Leitung gestört wäre und hat den Hörer eine Stunde lang nicht wieder aufgelegt. Er hat mich angerufen und ich bin hergelaufen. Wir haben versucht, Sie anzurufen. Schließlich sind wir aber nervös geworden und haben den Apparat wieder freigegeben. Keine fünf Minuten waren vergangen, als es wieder klingelte. Noch einmal meine Tante. Ihre Stimme klang wie die eines brüllenden Löwen. Sie bekam fast keine Luft mehr beim Sprechen. Na ja, man hat wohl viel zu sagen, wenn man herumkreischt wie eine Irre. Ich konnte sie nicht abwimmeln, weil sie sonst meine Stimme wiedererkannt hätte. Luis hat den ganzen Sermon über sich ergehen lassen. Sie wußte, daß dies keine Gesellschaft war, und hat uns erklärt, daß sie den Direktor kennt.»

«Das muß sie durch irgendeine gute Verbindung in der Telefonzentrale erreicht haben. Auf jeden Fall ist es merkwürdig, daß sie den Direktor kennt, wütend ist und daß hier weder sie noch der Anwalt, noch die Polizei aufgetaucht sind. Das erste, was zu tun ist, ist, hier alles stehen und liegen zu lassen. Wohnst du hier, Junge?»

«Wie man's nimmt; das hier ist ein Quartier, das mein Vater nur selten benützt.»

«Dann gehen wir, damit sie sich anstrengen müssen, uns zu orten. Wenn sie zu dir kommen, mußt du dich für eine Richtung entscheiden: entweder du schweigst wie ein Orchester und sagst, daß du nichts weißt und daß irgend jemand sich einen Scherz von diesem Zimmer aus erlaubt hat, oder du gibst zu, daß es ein Scherz war. Wenn du zugibst, daß es ein Scherz war, mußt du zugeben, daß du es für mich getan hast. Dann trete ich auf. Du entscheidest.»

«Ich bin Musiker, ich weiß nichts.»

«Wunderbar. Wir geben ihnen einen Tag. Wenn sie sich innerhalb eines Tages nicht rühren, dann rühren wir uns.»

Sie wischten die Fingerabdrücke weg, wo immer es ihnen plausibel erschien, und gingen einer nach dem anderen aus dem Gebäude, um sich dann in einer Cafeteria bei der Ganduxer Straße zu treffen. Der Junge gab eine dringende Angelegenheit vor und ging weg, nicht ohne Teresa den Blick eines Lammes auf der Schlachtbank zugeworfen zu haben.

«Ist das Ihr neuer?»

«Soll das ein Witz sein? Machen Sie sich nicht über den Jungen lustig. Er ist sehr krank. Er wird sterben, bevor er ganz erwachsen geworden ist. Er ist einer derjenigen, die man die ‹blauen Kinder› nennt. Zu Hause wird er sehr verwöhnt, sie nehmen ihn mit auf Reisen. Während einer Reise, bei der ich Reiseleiterin war, habe ich ihn und seine Eltern kennengelernt. Er ist ein wunderbarer Mensch. Wie alle Schwachen!» Es störte sie, jetzt von Luis sprechen zu müssen, und ging deshalb dazu über, Carvalho direkt über seine Entdeckungen zu befragen.

Sie setzten sich an einen gelben Tisch. Carvalho sah sich den schmalen, sorgfältig gekleideten Alten genau an und wartete gespannt auf seine Worte. Der Alte schien jedoch dieselbe prüfende und distanzierte Haltung einzunehmen. Carvalho gab sich schließlich einen Ruck. Der Alte betrachtete intensiv den Salon.

«Ihre Tante ist ein böses Geschöpf.»

«Das ist klar.»

«Und Ihr Vater ist ein Trottel.»

«Das bedaure ich, aber es ist wahr wie das Amen in der Kirche. Mehr nicht?»

«Sie haßten Ihren Großvater. Und Ihre Tante mag Sie auch nicht. Hat Ihre Tante wirklich keine Kinder?»

«Sie wurde sehr jung operiert und ist deshalb unfruchtbar.»

«Manchmal ist die Natur doch weise. Ich meine, es ist ein so wunderbarer Abend. Wir sollten essen gehen.»

«Es regnet. Es ist kalt. Es ist ein kalter, schrecklicher Frühling. Es eilt ja nicht. Es gefällt mir nicht, daß Sie das alles auf sich nehmen. Wenn es dann soweit sein wird, werde ich anrufen.»

«Essen Sie gerne gut?»

«Ich bin ein außergewöhnlicher und verwöhnter Gourmet.»

«Das war mir schon beim erstenmal, als ich Sie gesehen habe, klar. Da Sie ja entschlossen sind, mit mir nur eine geschäftliche Verbindung zu unterhalten, sagen Sie mir doch noch, wo ich mehr Informationen über Ihren Großvater erhalten kann. Hatte er

Freunde? Sie haben mir von seinen Verbindungen zu republikanischen Kreisen erzählt.»

«Früher ging er immer zu Treffen in einem Republikanischen Zentrum. Einmal habe ich ihn dort besucht. Er gab dort mit seiner Enkelin an. Mir schien das nur eine besondere Art von Altersheim zu sein.»

«Die Alten gefallen mir. Wenn sie liebenswert sein wollen, sind sie eine Wonne, und wenn sie sich ärgern, haben sie immer recht.»

Charo wollte abendessen gehen. Sie hatte keinen Kunden an diesem Abend und freute sich auf ihren Carvalho und das Nachtleben. Sie beachtete nicht den von Carvalho als gering dargestellten Appetit, seine betonte Gedankenverlorenheit, seine äußerste Passivität, die er auch bei den Vorspielen zur Liebe an den Tag legte. Es war nicht das erste Mal, daß Carvalho so war. So würde er nicht in sie eindringen können. An diesem Abend war Carvalho jedoch ganz woanders, von wo er auch nicht zurückwollte. Es lohnte sich auch nicht der Versuch, ihn in dieses Wohnzimmer in Vallvidrera vor den dank des Zündfunkens von D. H. Lawrences «Der preußische Offizier» entfachten Kamin zurückzuholen. Charo holte eine halbangesengte Seite heraus, die am Rand des Aschenhaufens liegengeblieben war, und las die übriggebliebene Botschaft: *Mit der Zeit verloren die Lindleys jegliche Beherrschung des Lebens und verbrachten ihre Stunden, Wochen und Jahre damit zu feilschen, um leben zu können, aufgrund ihrer Verbitterung, ihre Kinder zu unterdrücken und zu erziehen, um sie dem Adel zuzuführen, sie zur Leidenschaft zu treiben und sie mit Schulden zu beladen ...*

Das war alles, was sie lesen konnte. Charo beklagte sich bei Carvalho, daß sie aufgrund seiner Bücherpyromanie daran gehindert werde zu erfahren, wie nun diese schöne Geschichte anfing und aufhörte.

«In den meisten Erzählungen sind viele Eltern und viele Kinder meistens zugleich gut, sehr traurig und sehr fröhlich, Pepe, weil jedes Kind sein Leben anders lebt und jeder Vater auf eine andere Art und Weise stirbt.»

«Worüber beklagst du dich? Wie hieß das letzte Buch, das du gelesen hast?»

«Ein Buch über das spanische Fernsehen. Darin kamen alle Künstler und Verantwortlichen des Fernsehens vor.»

«Lesen paßt nicht zu dir. Es spricht doch einiges dafür, daß diejenigen lesen, die auch Bücher schreiben; denn die sind nur zum Schreiben gekommen, weil sie vorher andere Bücher gelesen haben. Alle anderen sollten nicht lesen. Die einzigen Leser der Schriftsteller sollten sie selbst sein.»

«Nun, das ist eine Theorie. Das wäre dann genauso, als ob man sagen wollte, daß die einzigen Kunden der Privatdetektive sie selbst sein sollten. Wenn du durcheinander bist, erzählst du jeden Blödsinn. Was ist heute abend bloß mit dir los?»

Von allen Zärtlichkeiten, zu denen Charo fähig war, war die einzige, die er nicht leiden konnte, die, ihn wie einen Jungen zu behandeln, möglichst mit dem Kopf im Schoß, und ihm zu erzählen, wie schlecht doch die Kollegen sie behandelten.

«Lassen wir das. Ich habe einen traurigen Fall, und ich bin traurig. Manchmal habe ich einen fröhlichen Fall, und dann bin ich fröhlich.»

«Mich täuschst du nicht, Pepe. Du bist viel bekümmerter als sonst. Bist du in Gefahr?»

«Nur in der, nach Scheiße zu stinken.»

Aber seine Nase beschwor nicht diesen Geruch herauf, höchstens einen Duft von Lavendel, der von Teresas Körper ausgeströmt war, als sie sich über den Tisch gebeugt hatte, um dem «blauen Jungen» einen Abschiedskuß zu geben.

«Ich habe ein blaues Kind kennengelernt, Charo.»

«Der Ärmste. War er noch ganz klein?»

«Um die zwanzig.»

«Und mit zwanzig ist man ein blaues Kind?»

«Wer weiß schon, ob ein blaues Kind nicht vielleicht wirklich nur ein Kind sein möchte. Es sind Menschen mit einer bestimmten Herzinsuffizienz. Sie haben eine bläuliche Farbe und leben nur wenige Jahre.»

«Ich verstehe.»

Carvalho befiel ein Gefühl der Reue, daß er zum zweitenmal den Todkranken benutzt hatte. Das erste Mal als Köder bei einer Befragung, das zweite Mal als Ausrede, um Charos feine Nase vom Lavendelduft Teresas zu befreien.

Was die Umrisse des Porträts von Don Manuel Azaña in der Garderobe aussagten, reichte aus. Hinzu kam noch eine republikanische Fahne, die in der Nähe des aufgedunsenen Gesichts Don Manuels mit Heftzwecken an der Wand befestigt war. Sorgfältig gekleidete, spanisch glänzende alte Menschen saßen in Dreier- oder Vierergruppen in einem Wohnzimmer, das zu einem Innenhof, dessen Mauern aus dem gotischen Stadtviertel Barcelonas gebaut waren, hin geöffnet war. In einer Gruppe saßen Kartenspieler beim *subastado*, und die Stimmen überschnitten sich mit denen der anderen, die folglich mit erhöhter Stimme auf diese Lautstärke reagierten, um sich unterhalten zu können.

«Was wäre passiert, wenn Ramón Franco, anstatt sich der Bande seines Bruders anzuschließen, bei den Anhängern der Republik geblieben wäre?»

«Nun, wir haben den Krieg bereits früher verloren, weil Franco alles vernichtete. Ausgenommen die Flugzeuge. Denn die Ultra Plus hat ihn gut rausgebracht.»

«Über welchen Heiligen wollen wir nun nachdenken, über Ramón Franco? Was wäre geschehen, wenn die Großmächte wirklich, ich betone, wirklich, die Aufrührer blockiert hätten? Das ist die Frage. Das ist die Frage, die mir seit 1936 im Kropf steckt.»

«Laß sie jetzt heraus, sonst nimmst du sie noch mit ins Grab.»

«Ins Grab? Ich? Ich muß erst noch die dritte Republik sehen.»

Ein Alter entdeckte Carvalho, erhob sich und bewegte sich in Richtung des Detektivs.

«Sind Sie der, der mich angerufen hat?»

«So ist es. Es handelt sich um Don Ricardo.»

«Don Ricardo? Oh, Don Ricardo!»

Er bot Carvalho an, sich zu setzen, und führte ihn in die entfernteste und ruhigste Ecke des Raumes.

«Aber, Don Luis, sagen Sie mir doch bitte, warum in aller Welt Sie diese Karte auf der Hand behalten haben.»

«Wegen der Moneten.»

«Also haben sich die Wespen fressen lassen.»

Zu ihnen drangen die Stimmen vom Spieltisch herüber. Carvalhos Begleiter ließ ein leises Pst! vernehmen, und die Stimmen senkten sich.

Sie setzten sich an einen gelben Tisch. Carvalho sah sich den schmalen, sorgfältig gekleideten Alten genau an und wartete gespannt auf seine Worte. Der Alte schien jedoch dieselbe prüfende und distanzierte Haltung einzunehmen.

«Hier ist ganz schön was los.»

Endlich hatte sich Carvalho einen Ruck gegeben. Der Alte ließ seinen Blick über das schweifen, was er vom Salon sehen konnte.

«Heute haben wir noch einen ruhigen Tag. Sie müßten uns hören, wenn wir darüber diskutieren, was wichtiger war, den Krieg zu gewinnen oder die Revolution zu machen.»

«So abstrakt?»

«Nein, mit Bezug auf den Bürgerkrieg.»

«Ah, konnten Sie denn wählen?»

«Wie es aussieht, schon, im Mai 1937. Aufgrund der Geschehnisse in Barcelona.»

«Und was haben Sie gewählt?»

«Den Krieg zu gewinnen.»

«Meinen Glückwunsch!»

Der Alte lachte, um aber gleich darauf wieder ernst und sachlich zu werden:

«Wir haben keinem geschadet und waren auch noch nicht in der Lage, entweder Krieg oder Revolution hervorzurufen. Alles umzukehren, das wäre ein Moloch geworden. Dann brach der andere Bürgerkrieg aus, und ich verhielt mich starr wie ein Vogel.»

«Und was hielt Don Ricardo von Gegenwart und Zukunft?»

«Er liebte das Leben. Die Vergangenheit war schrecklich für ihn, obwohl er sie hinnahm wie wir anderen auch. Hier sehen Sie die närrischen und nostalgischen Alten. Wir alle gemeinsam laden auf uns die Ungnaden eines verlorenen Krieges: Kerker, Leiden, Not und Exil. Für uns ist es ein Wunder, daß die Sonne immer wieder aufgeht oder daß es regnet oder daß wir einen Enkel im Arm halten dürfen. Vielleicht lieben wir deshalb so die Gegenwart und Zukunft. Die Vergangenheit ist für uns bestenfalls eine Erinnerung an die Jugend und schlimmstenfalls an die ganze Kriegstragödie. Don Ricardo war in dieser Hinsicht noch einer mehr.»

«Soweit ich weiß, waren Sie seit damals mit ihm befreundet.»

«Ja, wir haben zusammen den Ebrofeldzug gemacht.»

«In derselben Einheit?»

«Ja.»

«War das Verhalten Don Ricardos als republikanischer Kämpfer immer korrekt? Ich vermute, daß Sie sein politischer Übermittler waren.»

Der Alte blinzelte. Er schien zu zögern. Mit einer Hand umfaßte er Carvalhos Arm, preßte ihn so, als ob er das, was er sagen wollte, unterstriche.

«Sehen Sie, es stimmt. Ich war der Übermittler der Einheit. Aber sagen Sie es bitte nicht noch einmal; denn jedesmal, wenn ich das höre, bekomme ich einen Schrecken... und bis jetzt habe ich mich noch nicht von dem Schrecken erholt, den ich am 23. Februar, nämlich durch Tejero, erhielt.»

«Was hat Ihnen Don Ricardo über diesen Putschversuch erzählt?»

«Passen Sie auf! In jener Nacht habe ich ihn in seinem Haus im Ensanche angerufen und eine halbe Stunde mit ihm gesprochen. Er war genauso erschrocken wie ich. Ich habe ihn nochmals während der Ansprache des Königs angerufen, um ihn und mich zu beruhigen. Er hat mir jedoch nicht geantwortet. Ich dachte, daß er schläft, obwohl mich das verwunderte, da er nicht viel schlief und die Nacht für ihn nicht zum Schlafen da war. Von da ab habe ich ihn weder gesehen noch von ihm gehört. Scheinbar ist er dann krank geworden, entweder noch am gleichen oder am darauffolgenden Tag. Dann haben ihn die Kinder geholt. Manchmal habe ich gedacht, daß er aufgrund des Putschversuches von Tejero krank geworden ist. Dann war er in der Tat das einzige Opfer Tejeros.»

Teresa Alvarez hatte es geschafft, in ihrem Minirock einfach natürlich auszusehen.

«Mit Ihnen erlebt der Minirock seine Fortsetzung. Als die Minirockmode aufkam, waren Sie noch ein Mädchen.»

«Vielen Dank, aber ich habe ja auch erst gerade aufgehört, Mädchen zu sein. Ich nehme an, daß Sie mir etwas Interessantes zu erzählen haben.»

«In der Tat. Gestern konnte ich Ihnen noch kein Untersuchungsergebnis mitteilen. Vor allem in der Wohnung, wo Ihr Großvater normalerweise lebte, gibt es nicht den geringsten Hinweis, daß dort ein Kranker gewohnt hat. Zum Beispiel gibt es in der Hausapotheke Aspirin, eine Schachtel Ziloric, einige Tabletten für Gichtanfälle, eine nicht ungewöhnliche Krankheit. Ich habe auch keinen Nachttopf entdeckt, der doch für einen Alten, der das Bett hüten muß, unerläßlich ist. Nichts von alledem! Und Ihr Vater wie auch Ihre Tante haben mir erzählt, daß sie nichts berührt haben. Auch keine Unterwäsche! Bei einer ausgedehnten Reise habe ich übrigens die unendliche Barmherzigkeit Gottes bestätigt bekommen, der es erlaubt, daß es so nichtssagende Personen wie Ihren Vater und Ihre Tante gibt. Wir sind nämlich zu ihrem Haus hochgefahren. Dort hauste Ihr Großvater in einem Versteck, wo er in die Wand einen Teil der Mitteilung geritzt hat, die auch in der Uhr zu finden ist. Seltsamerweise gibt es in diesem Raum eine Reihe interessanter Dinge, wie ein Fernsehgerät, Radioapparate, gutes Geschirr, Gemälde und einen bescheidenen Spirituskocher und einen kleinen Elektroofen. Entweder ist die Angst Ihrer Tante vor Dieben so unermeßlich, oder diese Geräte erfüllen oder erfüllten einen anderen Zweck. Dagegen habe ich bemerkt, daß Ihre Tante in einem der angenehmen Räume des Hauses ein heruntergekommenes tragbares Bett hat stehenlassen, wobei es doch am logischsten wäre, daß es bei Kocher und Ofen im Geheimzimmer gestanden hätte.»

«Was schließen Sie daraus?»

«Das ist noch nicht alles. Ich habe gesehen, daß Ihre Tante eine ausgezeichnete Schallplattensammlung besitzt und überall im Haus beeindruckende Lautsprecher stehen. Einen Moment lang dachte ich sogar, daß die Leitungen in das Geheimzimmer führten, aber...

Obwohl man jedoch ein Loch gebohrt hatte, um die Kabel hineinzuführen, endeten sie, durch ein neues Isolierband geschützt, dort, so als sei es gerade erst gekappt worden.»

«Was wollen Sie damit sagen?»

«Daß die Kabel erst kürzlich abgeschnitten worden sind und daß an der Wand im Raum sogar noch der Umriß eines Verstärkers zu sehen ist, der jetzt verschwunden ist.»

«Was schließen Sie daraus?»

«Sie erinnern mich an das Handbuch ‹Spanische Geschichte›, das ich in meiner Jugend gelesen habe und das von einem katalonischen Kommunisten geschrieben war. Man war dazu gezwungen, an jedem Kapitelende eine Zusammenfassung zu geben. Alle Kapitel endeten gleich: Bref... tarari, tarara... Das Buch war auf französisch geschrieben.»

«Noch einmal. Was schließen Sie daraus?»

«Haben Sie schon einmal versucht, sich nicht zu schminken? An Ihrer Stelle würde ich auf den Minirock und die Schminkerei verzichten. Beides kommt mir wie eine Verkleidung vor.»

«Jetzt?»

«Ist das ein schlechter Moment?»

«Könnten Sie mich vorher die Schlußfolgerung wissen lassen?»

«Ihr Großvater wurde in das Geheimzimmer gesteckt und lebte dort, ich weiß nicht, wie lange. Sie müssen die Absicht gehabt haben, ihn überleben zu lassen; denn sonst ergibt der Kocher und der Ofen keinen Sinn. Man muß sich nun fragen, ob es Vorsichtsmaßnahmen waren oder etwas vollkommen anderes. Außerdem ist zu bedenken, daß er in der Politik aktiv war. Ich halte es für unwahrscheinlich, daß er bedroht wurde.»

«Zuletzt hatte er die fixe Idee eines Putschversuches. Es reizte ihn sehr, sich vorzustellen, daß womöglich alles wieder von vorne anfangen könnte. Lieber an der Demokratie festhalten, als eine weitere faschistische Erfahrung erdulden zu müssen.»

«Jemand hat mal gesagt: Das Schlimmste, was jemandem passieren kann, der unter einem Verfolgungswahn leidet, ist, daß er wirklich verfolgt wird. Darüber mußte er gesprochen haben. Die zeitlichen Zusammenhänge habe ich aufgrund einer Bemerkung eines

Freundes Ihres Großvaters verstanden. Die Nacht, in der er krank wurde, war die vom 23. auf den 24. Februar. Sagt Ihnen das etwas?»

«Nein.»

«Ihr jungen Leute habt kein Geschichtsbewußtsein. Kaum sind zwei Monate vergangen, und Sie haben schon den 23. Februar vergessen, den Putschversuch von Tejero.»

«Ach ja, da war ich in Australien und habe es im Fernsehen gesehen. Aber in Australien hat man darüber gelacht. Hören Sie, als ich die Guardia Civil dann noch in den Cortes gesehen habe, da habe ich einen Lachanfall bekommen und konnte gar nicht wieder aufhören. Meine australischen Begleiter ebenfalls.»

«Bei Ihrem Großvater wäre das nicht auf Verständnis gestoßen.»

«Bei mir auch nicht, wenn ich hier gewesen wäre.»

«Er mußte in das Landhaus im Ampurdàn zurückkehren. Die Dinge sprechen für sich.»

«Ich bereue es, über das am 23. Februar Geschehene gelacht zu haben. Verzeihen Sie mir?»

«Ich bin unpolitisch.»

«Sie sind ein Mann ohne Begierden und Besessenheiten.»

«Ich habe sowohl das eine wie das andere.»

«Zum Beispiel?»

Carvalho zog den Reißverschluß des Rockes nach unten und teilte den Stoff auseinander, um einen Blick auf einen Slip zu werfen, der einem Schaumfetzen über Schatten von Fleisch und feuchter Vegetation ähnelte. Teresa zog sich den Pulli über die Schultern, und zwei Brüste, groß wie Granaten, stürzten auf Carvalho ein mit der ganzen Zweideutigkeit aufgegebener Aggression.

Carvalho stellte sich hinter das Mädchen, griff nach ihren Brüsten und schob sie zum Waschbecken, wo er ihr half, sich abzuschminken.

Es war ein untergeordnetes Motiv. Zweifellos half es ihm jedoch, die Reise zu bewältigen und die geistige Trägheit zu überwinden, die die Strecke bergauf von 130 km zwischen Barcelona und San Miguel hervorrief. Bei einem Umweg von nur 20 km konnte er bei

Cypselle de Palafrugell essen gehen: schwarzer Reis mit gekochtem Fisch, ein durch gebratene, geriebene Zwiebeln gebräunter Reis, geröstetes Brot mit Tomate und Anchovis, die exquisiten Schweinefleischklößchen und Riesengarnelen mit Tintenfisch und nebenbei mit dem Restaurantbesitzer eine Vereinbarung zu einem *Niu* in zwei Wochen. Er hatte Fuster und Charo versprochen, sie zu dieser Völlerei einzuladen. Bei seiner Anstifterei zu dem Mahl war die Zeit nach dem Kaffee, dem Gläschen Himbeergeist und purem Cardánschnaps verstrichen. Er wartete inzwischen bis elf Uhr, um sich dem Haus der Alvarez de Enterría zu nähern.

«Ich habe schon Dorschinnereien in Italien bekommen und ein *peixo-palo* Gott weiß wo. Ich kann *Niu* in den verbleibenden Aprilwochenenden machen. Danach ist es ja schon wärmer.»

«Ich habe drei Tischgesellen ohne Erbarmen und Skrupel.» Er war in Hochstimmung, nachdem er das Auto an der Landstraße geparkt hatte und nun den Weg zum Haus einschlug. Tiefschwarze Nacht lag über der ampurdanischen Villa. Eine Lampe erhellte grell das Schloß, und eine Hand führte einen Dietrich in die Öffnung. Er probierte, fing mit kraftvoller, sicherer Geschicklichkeit wieder von vorne an, und schließlich gelang es ihm, die Tür zu öffnen. Die Lampe erleuchtete ihm einen Weg durch das Innere des Hauses, das ausgeraubt und leer im Lichtbündel erschien. Er entschied sich schließlich für einen methodischen Durchgang, wobei ihm die Hände halfen, die Schubladen zu öffnen. Er gab auf die Einzelheiten der Möbel acht, folgte noch einmal der Spur der neuen elektrischen Leitungen und registrierte aufs neue pedantisch die Kammer, jedes einzelne Buch, als ob zwischen den Seiten die Lösung des Geheimnisses stecken würde. Endlich ging der Lampenträger in das Zimmer mit dem Gitterfenster und dem Blick auf den Weg. Die Lampe holte dabei Zimmerteile aus der Dunkelheit hervor und blieb auf dem Fenster haften, wo ein riesiges Gesicht mit meerestiefen Linsen, die an der Scheibe zu haften schienen, auftauchte. Die Lampe blieb fest auf das Fenster gerichtet. Ihr Träger ging darauf zu, und je näher er kam, desto präziser zeichnete sich das Gesicht des riesigen Rotkopfs ab. Man hätte meinen können, daß es am Gitter befestigt gewesen wäre. Es bewegte sich nicht und schien nicht zu atmen.

Die andere Hand des Lampenträgers öffnete das Fenster. Das Gesicht des Rotkopfs zögerte, die Augen blinzelten unter dem Angriff des Lampenlichts.

«Carvalho?» fragte das Gesicht, jetzt halbverdeckt von einem Unterarm.

«Ja», antwortete der Lampenträger und beleuchtete sein Gesicht, um seine Identität klar werden zu lassen.

«Suchen Sie etwas? Suchen Sie das?»

Der riesige Rotkopf hielt ihm einen Gegenstand entgegen, ein Kästchen, eine Tonbandkassette.

«Ist das für mich? Haben Sie es schon gehört?»

«Habe ich.»

«Und?»

«Ich möchte, daß Sie Konsequenzen aus seiner Erzählung ziehen. Ich habe darauf verzichtet, komplizierte Entscheidungen zu treffen.»

«Wo haben Sie das her?»

«Es dürfte das letzte gewesen sein, was er gesagt hat. Einen Tag, bevor Sie mit den Geschwistern herkamen, war sie hier.»

«Von wem sprechen Sie?»

«Von ihr, von Doña Jacinta. Sie war hier und machte sauber. Ich sah sie, als ich Spargel stach. Normalerweise läßt sie die Mülltüten in der Dorfstraße, damit die Müllabfuhr, wenn sie vorbeikommt, sie einsammelt. Diesmal aber hatte sie eine Reihe von Sachen im Garten in einer Basttasche unter einem Heidekrautlaubengang aufgehäuft. Jeden Morgen, wenn der Gärtner kam, der auch den Obstgarten pflegt, verbrannte er das, was in dieser Basttasche war.»

«Und Sie kamen dem zuvor.»

«Ja, ich kam dem zuvor.»

«Und hat es sich gelohnt?»

«Das können Sie beurteilen.»

«Sie werden daran nichts verdienen.»

«Was ich verdiene, ist meine Sache. Ich habe auf alles verzichtet. Außer auf Selbstachtung!»

«Sie sind einer von den Narren, die beim Militär sogar bereit dazu wären, bei einem Himmelfahrtskommando teilzunehmen, obwohl man weiß, daß es aussichtslos ist.»

«Sieger sind widerlich.»

«Muß ich noch weiter suchen?»

«Ich glaube nicht. Ich glaube, daß auf dem Band alles ist, was wichtig ist.»

Er hörte sich das Band im Laufe des Tages siebenmal an. Jedesmal kamen ihm neue Gedanken bei der Anfangsszene, die sich nach dem erstenmal in seiner Vorstellung gebildet hatte. Er hörte trotzdem auf, ergriff den Telefonhörer und machte die Verabredungen für den folgenden Tag fest: Teresa, ihr Vater, ihre Tante. Sein Ton muß sehr knapp gewesen sein, da Doña Jacinta lediglich drei Unverschämtheiten ausstieß und sich dann auf das Treffen einließ. Bei Don Felipe war es so, daß seine Stimme gar nicht recht aus dem Mund kommen wollte. Nachdem aber der Ablauf der Schlußszene erst einmal festgelegt und vereinbart war, schaltete Carvalho wieder den Apparat ein und dann noch ein-, zwei-, drei-, vier-, fünf-, sechsmal von vorn. Dies war ein Fall, der dazu geeignet war, in die Geschichte der Grausamkeit aufgenommen zu werden. Gleichzeitig bewies er aber auch, wie geschichtlich Grausamkeit sein kann. Ohne die spanische Geschichte zu verstehen, konnte dieses Band aussehen wie Reste von Spezialeffekten eines schlechten Drehbuchs über sonderbare Foltereien. Die spanische Geschichte, ergänzt durch die Don Ricardos, vermittelte ihm ein haarsträubendes Gefühl. Er lud Fuster ein, sich in der nächtlichen Einsamkeit Vallvidreras das Band anzuhören, und improvisierte ihm ein den Umständen entsprechendes Essen: Reis mit Artischocken und Safran und ein süßsaures Hühnchen mit Sardellensoße. Fuster hörte zu und raufte sich sein in vielen Jahren gewachsenes Ziegenbärtlein. Ab und zu gab er seinem Ekel durch Verziehen aller Gesichtszüge, die in seinem Gesicht waren, Ausdruck.

«Diese Schweine!»

Die Wiederholung des Bandes gestattete es ihm, alle Seelenzustände vom Ekel bis Entrüstung in einer Nacht zu durchleben. Er eilte zu dem Treffen am nächsten Tag wie ein Theaterinspektor in einem Stück von Agatha Christie. Auftritte und Abgänge waren durch eine innere Uhr so abgestimmt, wie es nur die besseren Dramaturgen können. Die Szene, die er antraf, enttäuschte ihn nicht. Teresa verharrte in einer Ecke der Wohnung. Don Felipe hatte die Daumen in den Westentaschen eingehakt und sah Carvalho mit einer Neugier an, mit der ein französischer König die ersten Angehörigen aus der Region Estado Llano ansehen würde, damit sie sich in Schußweite begäben. An seiner Seite befand sich die vornehme Gattin – inzwischen schon um die Fünfzig – einer Berühmtheit der Gesellschaft aus *Hola*, die versuchte, sich selbst einzureden, daß die Zusammenkunft darauf abzielte, Meinungen über eine mögliche bevorstehende Scheidung Caroline von Monacos auszutauschen. Jacinta schaute dagegen Carvalho aus einer Verteidigungshaltung heraus an, um einem wilden Überfall auf ihre Sicherheit zuvorzukommen. Was Don Felipes Frau anbetraf, so wiederholte sie zum viertenmal, daß Caroline von Monaco aussähe wie eine hübsche Friseuse. Carvalho, vielleicht dadurch irritiert, erklärte, daß er die Prinzessinnenmutter sehr gemocht hatte, und entschloß sich, die Waffenruhe zu beenden, und legte sogleich auf Don Felipe an.

«Sie haben Ihren Vater entführt und ihn in das Haus in San Miguel de Cruilles gebracht. Sie haben ihn in das Geheimzimmer eingeschlossen und bis zu seinem Tod dort festgehalten.»

Don Felipe sah seine Frau an. Entsetzen hatte die Gesichtszüge eingeschüchtert und sie umgewandelt in die eines auf Befehl Ludwigs XX. Geköpften. Das Lächeln Doña Jacintas war eine eher auf ihren Bruder gerichtete Botschaft als eine Herausforderung an Carvalho. *Was behauptet dieser Mann?* Das war das einzige, was der Verleumderin Caroline von Monacos in den Sinn kam. Carvalho sah auf Teresas lange Beine, als ob er einen Haltepunkt suche, um die Welt in Bewegung setzen zu können, und warf sich dann in die Arena.

«Sie haben jegliche Art der Niedertracht versucht, um bei ihm eine Herzattacke auszulösen. Das Haus in San Miguel steckt voller Beweise. Erlauben Sie mir, daß ich etwas aushole, aber der Ablauf erfordert einige Erklärungen. Fangen wir damit an, daß Sie, Don

Felipe, am Ende waren. Finanziell gesehen natürlich. Sie haben alles, was noch da war, in den Löchern des Golfplatzes verloren. Wie durch eine löcherige Hosentasche, durch die die Goldmünzen hindurchfallen. Und Ihr finanzieller Zustand, Señora, ist auch nicht viel besser. Keiner von Ihnen beiden hat die Kühnheit Ihres Vaters geerbt. Sie brauchten die Erbschaft Ihrer Mutter, die Don Ricardo weder angerührt noch verteilt hatte. Das war sein einziger Fehler. Er war sich nicht darüber im klaren, was er für Schlangen als Kinder hatte. Eine Reihe vorhersehbarer Faktoren ließ Sie den Plan durchführen. Ich nehme an, vor allem durch Sie, Señora. Denn Ihr Bruder scheint mir zu jeder anderen Sache unfähig zu sein. Er kann nicht mehr, als ein armes Bällchen mit einem dummen Schläger bearbeiten, mit dem Vorwand der Einzigartigkeit. Der erste Faktor war die Einsamkeit Don Ricardos, besonders verstärkt noch durch die Abreise seiner Enkelin. Der zweite Faktor war seine zunehmende Angst vor den Entwicklungen des politischen Lebens in Spanien seit Anfang des Jahres. Und dann erfolgte der Putschversuch am 23. Februar. Zunächst kam zweifelsohne der spontane Vorschlag, ihn zu verschweigen, um die Dinge nicht zu sehr zu komplizieren. Nachdem dieser Gedanke aufgetaucht war, reiften Überlegungen heran, die sich aus jenem Umstand ergeben konnten. Der Alte, den Sie in Ihr Haus in San Miguel geholt hatten, war durch die Geschichte eingeschüchtert, bedrückt durch die wiederaufgetauchten Hirngespinste, aus Angst gestorben, unvernünftigerweise aus Angst gestorben. Ich weiß nicht, ob er sich schließlich der Verschwörung bewußt geworden ist. Die Notiz, die er seiner Enkelin hat zukommen lassen, ist zweideutig. Wer sind die, die ihn nicht fertigmachen werden? Die Faschisten? Sie? Sie haben bei ihm einen Zustand von Angst und Bedrohung hervorgerufen, dem er nicht gewachsen war. Er wurde in eine sieben Tage dauernde Agonie versetzt, was psychologisch gesehen schrecklich gewesen sein muß. Sie haben auf ihn jede Art von Niedertracht ausgeübt, um eine Herzattacke hervorzurufen. Ich behaupte das nicht ohne Grund. Ich habe einen Beweis, und das Haus in San Miguel steckt zusätzlich voller Beweise. Erschrecken Sie nicht, Señora, Sie werden gleich mit dem konfrontiert, was Sie in Ihrer Dummheit nicht zerstört haben. In diesem Moment ist die Polizei dort und führt eine ganz kleine Befragung durch.»

«Idiot!» brach es aus Don Felipe in Richtung seiner Schwester heraus.

«Idiot, ich? Unnütz, mehr als unnütz!»

Doña Jacinta ohrfeigte ihren Bruder. Die Frau des Geohrfeigten fuhr sich mit der Hand über den Mund, sah zu ihrer Tochter hinüber, die sie verächtlich anblickte, und stieß ein ersticktes «Oh» aus, um schließlich ihren Mann zu fragen: «Hast du bemerkt, daß dich deine Schwester geohrfeigt hat? Was ist los, Felipe?»

Felipe hatte seine Schwester einmal auf die Lippe und einmal auf den Busen getroffen und versuchte nun, sie noch einmal zu schlagen, während sie mit den Zähnen die Hand suchte, die ihr das Gesicht zerkratzte. Carvalho versetzte der Leber des Mannes einen Faustschlag und einen anderen in die Nieren der Frau. Sie stürzten beide übereinander auf den Sessel, und nach und nach ergänzten sie unter Schluchzen und Vorwürfen die Geschichte einer Entführung und einer Gaslampe, in deren Halbschatten das arme Herz des alten republikanischen Obersten vor Müdigkeit und Ekel gebrochen war. Während all dessen hatte Carvalho das Tonbandgerät herausgeholt und das Band eingelegt, das ihm der Riese übergeben hatte. Es war eine Tonbandaufnahme mit Nazi- und Franquistenliedern, Stiefelgeräuschen und einer mit energischem Ton aufgenommenen Frage: *Wohnt hier Don Ricardo Alvarez de Enterría? Wir sind auf der Suche nach ihm. Leisten Sie keinen Widerstand.* Während der Bruder die Geschichte erzählte, nahm die Vorstellung von Don Ricardo eine gewisse Körperlichkeit im Zimmer an, so als ob er selbst noch einmal seinen Todeskampf durchlebte.

«Es war ihre Idee. Wir sagten ihm, daß er sich wegen des Putschversuches verstecken müsse. Wir haben ihn um vier Uhr morgens aus Barcelona abgeholt und ihn in das Zimmer gesteckt. Einige Tage lang haben wir ihm Militärmusik, -reden und -verlautbarungen vorgespielt, die meine Schwester in den vierziger Jahren aufgenommen hatte. Sie zwang mich, Stiefel anzuziehen, und fingierte die Hausdurchsuchungsaufnahmen. Sie allein hat mit ihm in diesem Raum geredet, und ich weiß nicht, was sie ihm gesagt hat. Ich habe ihn nicht mehr gesehen, bevor er starb, und ich mußte ihr helfen, ihn ins Bett zu legen.»

«Das kommt also dabei heraus, daß ich alles allein gemacht und ausgedacht haben soll. Und wer hatte die Idee, die Fragen aufzunehmen: *Wohnt hier Don Ricardo Alvarez? Wir suchen ihn. Leisten Sie keinen Widerstand!* Und das andauernde Wiederholen, bis er endlich vor Angst stirbt. Von wem war die Idee?»

«Spürten Sie nicht einmal andeutungsweise Gefühle von Achtung, Respekt oder Reue?»

«Ich wollte es nicht.»

«Schweig, du Memme! Achtung, Respekt, Reue? Wissen Sie, was er mir eines Tages sagte, als ich ihm ins Gesicht sagte, daß er die Politik seiner Frau und den Kindern vorgezogen hat? Er antwortete: Das einzige, was ich bereue, ist, euch ersehnt zu haben. Wenn ich geahnt hätte, daß ihr werden würdet, wie ihr seid, wäre ich viel zufriedener mit mir selbst gewesen.»

Wieder schlugen Schwester und Bruder hysterisch aufeinander ein, und die Schwägerin kreischte wieder machtlos. Teresa schien es eilig zu haben, aus dieser Höhle voller Ungeziefer, das sich mit Worten, Augen und Händen zerfleischte, zu entkommen. Carvalho folgte ihr mit zwei Schritten Abstand, bis sie anhielt, um tief aufzuatmen. Sie war kaum geschminkt.

«Es ist nicht sicher, daß die Polizei jetzt in San Miguel ist. Ich habe das gesagt, um sie zu beeindrucken. Ich habe ein bißchen Wahrheit beigemischt und es ihnen präsentiert. Das war sie mir wert. Er kann jetzt mit ihr machen, was er will.»

«Auf mir lastet die Entscheidung, sie zu bestrafen.»

«So ist es.»

«Sie sind so erbärmlich.»

«Was werden Sie mit ihnen machen?»

«Sie gehören Ihnen.»

«Ich werde darüber nachdenken.»

«Ihr Großvater war ein prachtvoller Mensch. Noch in seinen letzten Zügen setzte er sein Gefühl wie ein Werkzeug ein, um wissen und glauben zu können. Sicherlich mochte er auch gern gut essen.»

«Aber ja. Er erzählte mir, daß er in den vierziger Jahren, als er im Untergrund war, es gelernt hat zu konservieren, ohne zu kochen, indem er Fisch einfach in Essig, Öl, Gewürzen und Kräutern einlegte. Haben Sie diese Marinade für eine Rotbrasse schon einmal probiert?»

«Ich kann es mir genau vorstellen, so als ob ich es probiert hätte.»

«Ich glaube, daß mein Großvater die Rezepte in einem Buch in der Bibliothek aufbewahrt hatte. Ich werde alle einzeln durchsehen müssen. Haben Sie nicht Lust, mir bei dieser Arbeit zu helfen?»

«Sie haben das gemacht, was einige unvorsichtige Jungfrauen in der Gegenwart Drakulas gemacht haben. Sie haben ihm den Hals gezeigt. Ich lese keine Bücher. Ich verbrenne sie.» Er konnte aber dem verlegenen Angebot, das noch in dem Gesicht der Frau zu erkennen war, nicht widerstehen.

«Da es sich aber um Sie handelt und unter der Bedingung, daß das nicht als Präzedenzfall gilt, werde ich eine Ausnahme machen.»

Manuel Vázquez Montalbán

Carvalho und der tote Manager
(2680)

Tahiti liegt bei Barcelona
(2698)

Carvalho und der Mord im Zentralkomitee (2717)

Carvalho und die tätowierte Leiche
(2732)

Die Vögel von Bangkok
(2772)

Lauras Asche
Drei Carvalho-Stories (2882)

Manche gehen baden
(2834)

Die Rose von Alexandria
(2816)

Ich tötete Kennedy
(2893)

Der Pianist
Roman
Deutsch von Maralde Meyer-Minnemann
384 Seiten. Gebunden

THRILLER rororo

C 2304/3

Klugmann/Mathews

«Da werden endlich wieder Geschichten erzählt, die so intelligent wie spannend sind, die zum Zittern und zum Lachen bringen. Allererste Empfehlung: die subtil anarchistischen Polizeikomödien der beiden Hamburger Norbert Klugmann und Peter Mathews» LIU

Beule oder wie man einen Tresor knackt
(2675)

Ein Kommissar für alle Fälle
(2700)

Flieg, Adler Kühn
(2734)

Die Schädiger
(2771)

Herausgegeben von Klugmann/Mathews:

Schwarze Beute
Stories, Fälle, Täter, Autoren
thriller-Magazin 1 (2753)
thriller-Magazin 2 (2802)
thriller-Magazin 3 (2888)
thriller-Magazin 4 (2933)

thriller rororo

C 2307/3

Sjöwall/Wahlöö

«Diese Krimis sind Erzählungen vom leidenden einzelnen wie Dokumente des zunehmenden gesellschaftlichen Verhängnisses. Daß sie dies alles sind, bezeugt ihren literarischen Rang.»
Helmut Heißenbüttel

Maj Sjöwall/Per Wahlöö
Die Tote im Götakanal
(2139)
Der Mann, der sich in Luft auflöste
(2159)
Der Mann auf dem Balkon
(2186)
Endstation für neun
(2214)
Alarm in Sköldgatan
(2235)
Und die Großen läßt man laufen
(2264)
Das Ekel aus Säffle
(2294)
Verschlossen und verriegelt
(2345)
Der Polizistenmörder
(2390)
Die Terroristen
(2412)

thriller rororo

C 576/17

Serientäter

Horst Bieber
Jede Wahl hat ihren Preis (2820)
Scherenschnitte (2881)
Sein letzter Fehler (2756)
Wrozeks Meineid (2704)

Robert Brack
Blauer Mohn (2886)
Die Spur des Raben (2906)

Bob Cook
Arrivederci Roma (2870)
Figuren im Zwielicht (2821)

Howard Engel
Es kommt alles ans Licht (2745)
Mord stand nicht im Drehbuch (2691)
Ticket für einen Toten (2833)

Georg Feil
Das Gesetz (2722)
Todsicher (2803)

B.M. Gill
Herzchen (2818)
Othellos letzte Probe (2827)
Seminar für Mord (2775)
Zündstoff für das Parlament (2667)
Der zwölfte Geschworene (2738)

Jan Michelet
Tod im Vorüberfahren (2749)
Weiß wie Schnee (2790)
Zwischen Hammer und Amboß (2755)

thriller rororo

C 2115/11

Serientäter

Jerry Oster
Dschungelkampf (2773)
New York Babylon (2758)

Poul Ørum
Der Schatten neben Dir (2657)
Die letzte Flucht (2822)

Jean-Bernard Pouy
Feuer für Jeanne (2852)
Geld für kleine Engel (2861)
Volle Dröhnung (2856)

J. William Reynolds
Eiskalt in Omaha (2836)
Nebraska in der Unterwelt (2779)

Fernando Schwartz
Die Falken (2829)
Die Verschwörung am Golf (2838)

Julian Symons
Ein irres Lachen (2844)
Der 31. Februar (2871)

Werner Waldhoff
Ende der Autobahn (2737)
Das Gesicht unter Wasser (2793)
Querschläger (2730)

L. R. Wright
Die Galerie der Toten (2825)
Tiefer Grund (2847)

thriller rororo

C 2115/11 a

Das Thriller-Magazin, herausgegeben von Klugmann/Mathews, präsentiert neue Stories, berichtet über Fälle, Täter und Autoren.

rororo thriller 2753

rororo thriller 2802

«. . . Schwarze Beute ist seit Jahren das bestgemachte, witzigste und spannendste Buch zum Thema Kriminalität und Kriminalliteratur.»
Rainer Stephan in der Süddeutschen Zeitung

rororo thriller 2888

rororo thriller 2933

C 2332/2